フン虫に夢中《むちゅう》

ウンチを食べる昆虫《こんちゅう》を追いつづけて

いどき えり 著

解説：中村 圭一
（ならまち糞虫館《ふんちゅうかん》館長）

くもん出版

もくじ

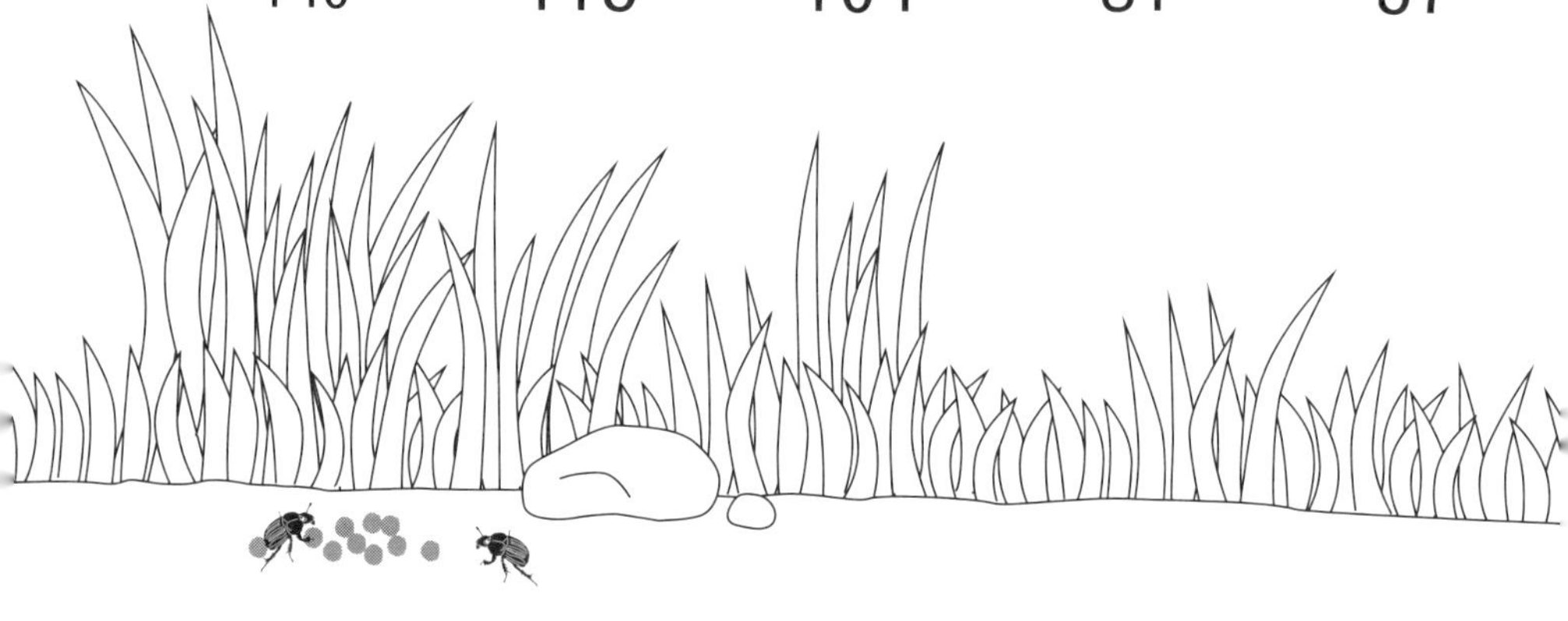

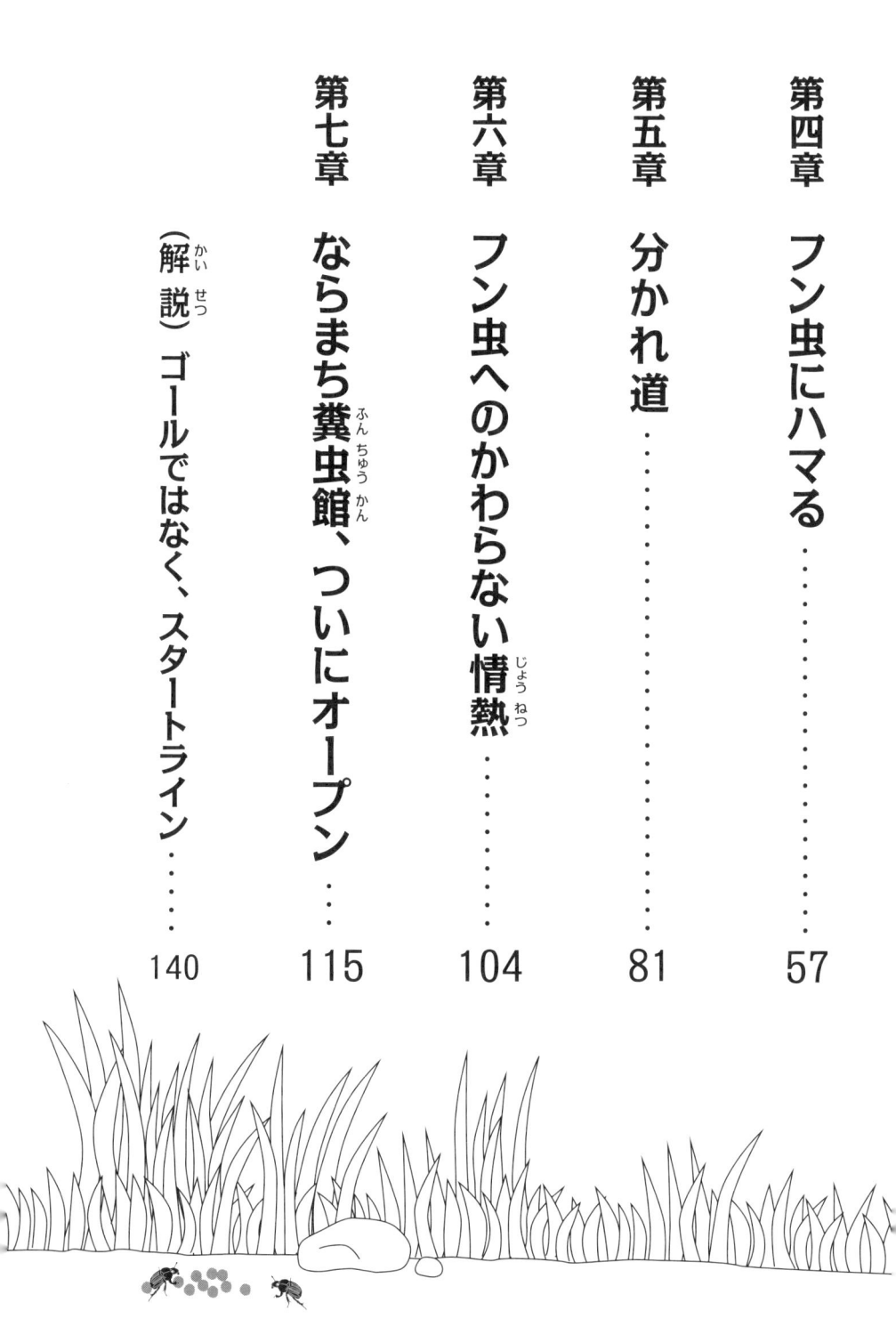

まえがき

二〇一八年十二月二十六日。

わたしは新聞で、動物のフンを食べる「フン虫」の記事を読みました。

「えっ、そんな虫がいるの？」

と、思わず声をあげました。

フン虫の標本を集めた博物館、「ならまち糞虫館《ふんちゅうかん》」をつくった人が奈良にいる、と書いてありました。それも、土曜日と日曜日だけ開いている博物館。なんか、かわっています。

それにフン虫は、宝石《ほうせき》のようにきれいで、子育てをするようすがおもしろいというのです。

いったい、どんな虫なんだろうと思いました。

チョウみたいなの？　バッタみたいなの？

記事によると、その虫はコガネムシのなかまらしいのです。

「百聞は一見にしかず」ということわざがあります。わたしは、どうしてもその虫を見てみたいと思いました。そして、博物館をつくった人に会ってみたくなりました。

その人は中村圭一《なかむらけいいち》さん。虫の研究者ではなく、もとはサラリーマンです。

フン虫のすばらしさをひとりじめするのはもったいないと思い、二十六年間勤《つと》めた会社をやめ、大好きなフン虫の博物館をつくったと紹介《しょうかい》されていました。

（どんな人なんだろう）

ぜひ取材してみたいと思い、翌月《よくげつ》、奈良に行きました。

この本では、フン虫を愛してやまない中村圭一館長のことを、みなさんにお伝えしたいと思います。

第二章　フン虫入門

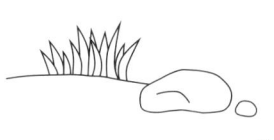

「ならまち糞虫館《ふんちゅうかん》」訪問《ほうもん》

ちらちらと雪の舞《ま》う寒い日。奈良市南城戸町《みなみじょうどちょう》、奈良公園から徒歩十五分ぐらいの場所に「ならまち糞虫館《ふんちゅうかん》」の看板《かんばん》を見つけました。

昔ながらの民家が立ちならぶ細い路地で、いなかのおばあちゃんの家に来たような気がしました。

「ならまち糞虫館」は、二階建ての古い民家を改装《かいそう》した木造《もくぞう》の建物です。

「いらっしゃい。わかりにくかったでしょう。まよいませんでしたか」

中村圭一《なかむらけいいち》館長がむかえてくれました。

「はい、まあ。いや、あの……」

と、わたし。

「寒かったでしょう。さあ、上がってください。スリッパ、はいてくださいね」

「はい、ありがとうございます」

これが、中村館長と交《か》わした最初の会話です。

どんなにかわった人かと、わたしはドキドキしながら訪《たず》ねたのに、とても温かな感じの人です。いっきに、わたしの気持ちがほぐれたしゅんかんでした。

中村さんは館長といっても、けっしてえらそうな感じの人ではなく、にこにこしていて、やさしそうです。すらっとした体型《たいけい》で、めがねをかけています。髪《かみ》の毛《け》は短く整えられていて、ところどころに白髪《しらが》がありました。

そして、虫の絵がデザインされたTシャツを着ていました。青色のTシャツのまん中に、どーんとカブトムシみたいな虫が一匹《いっぴき》いるのです。これにはおどろきました。

あいさつをしたあと、中を案内してもらいました。日本のフン虫、外国のフン虫、

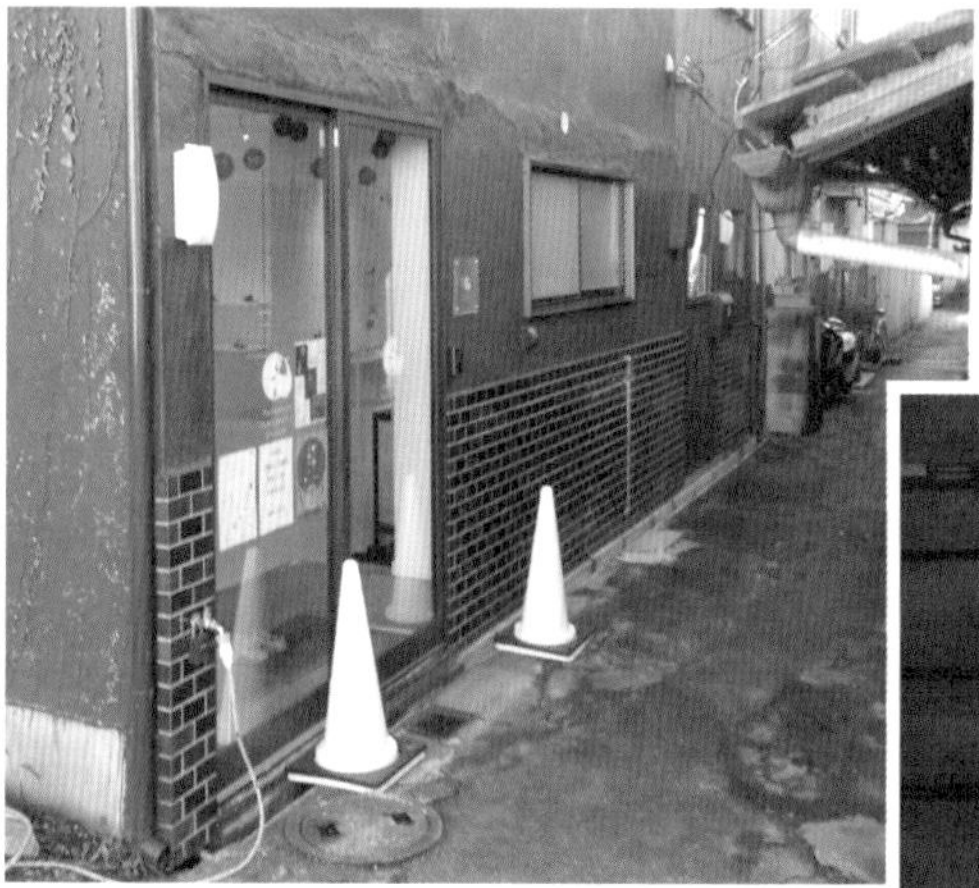

ならまち糞虫館《ふんちゅうかん》／奈良市内では初めての、奈良公園の生き物や自然に関することを展示《てんじ》する施設《しせつ》です

中村圭一《なかむらけいいち》館長／めがねをかけないときもあります

合わせて百五十種を超《こ》える標本が並《なら》べられています。

緑、青、赤、黒、色とりどりです。

大きさも二ミリぐらいの小さなものから、五、六センチもある大きなものまで、バラエティーに富んでいます。

二ミリの虫って、どんな感じか想像《そうぞう》してみてください。ごまのひとつぶくらいでしょうか。小さい虫は、だいたい色が黒いので、黒ごま……。そうです！　まるで黒ごまみたいです。

チビコエンマコガネなんていう、かわいい名前がついています。ルーペで拡大《かくだい》してよく

チビコエンマコガネ／定規《じょうぎ》を置くとこんな感じです

見てみると、黒ごまに手足がついているような感じです。なんだかおかしくて、笑ってしまいました。

部屋のかべは白一色で、おしゃれな印象《いんしょう》です。フン虫をケースに入れず、ルーペやライトを使って自由に見られる工夫《くふう》がされているコーナーがあります。虫をより近くで見てほしいという、中村《なかむら》館長のアイデアです。

おくのほうには実験室があり、いろいろな種類のフン虫が飼育《しいく》されていました。

糞虫館《ふんちゅうかん》の内部／建物の外観から、この室内は想像《そうぞう》できません

時期によってちがいますが、運がいいと、フン虫の卵《たまご》、幼虫《ようちゅう》、さなぎを見ることができます。

フン虫ってどんな虫?

みなさんはこの本を読むまで、「糞虫」という漢字を見たことがありましたか。あまりない……、ですよね。

だって、「糞」は学校では習わない漢字ですから。

大人でも読めない人がいます。試しに、この「糞虫」を大人に見せて、なんと読むかをたずねてみてください。おもしろいですよ。

「くそむし」と読む人、「ふんむし」と読む人、いろいろです。正解《せいかい》は「ふんちゅう」ですね。

この本を手に取った人は、もうすでに何度も目にしているから、読めるようになっているでしょう。

ところで、ふだんの生活では、「フン虫」ということばを聞くことはほとんどありません。みなさんは、この本を読む前に、耳にしたことがありましたか。

「糞」は動物のウンチのことだから、フン虫とは、ウシやウマ、シカやヒツジやゾウなどの動物のウンチを食べる虫のことです。だから、ペットのイヌやネコ、それからわたしたちのウンチだってよろこんで食べます。くさったキノコや死んだ動物の肉や皮、鳥の羽毛《うもう》を食べるフン虫もいます。

フン虫は、生物学的には甲虫《こうちゅう》とよばれる虫のグループにふくまれ、コガネムシのなかまです。コガネムシをあまり知らなければ、カブトムシやクワガタムシを思いうかべてください。甲虫だからです。

フン虫は、カブトムシと同じように前羽がかたくて、つやつやしています。日本では、ほとんどの種類に角はなく、黒っぽくて目立たない色をしています。

でも、中にはカブトムシのように太くて長い角があるものや、赤や青、緑色にきらきらかがやくものもいます。

フン虫にもカブトムシのように、ぎざぎざした足が六本あります。カブトムシを手に取ると、足で指にしがみつかれて、ちょっと痛《いた》い思いをします。ところが、フン虫を手に乗せても、カブトムシのように痛くはありません。

なぜだかわかりますか。

カブトムシのおもな食べ物は木から出る樹液《じゅえき》です。樹液を吸《す》うためには、木の幹《みき》につかまらなければなりません。

樹液に集まっているカブトムシを見たことがありますか。しっかりつかまっていて、ちょっとやそっとでは、落ちません。つめが発達しているからです。

いっぽうフン虫は、地面に落ちているウンチを食べるから、木につかまる必要はありません。だから、するどいつめがなくて、手に乗せても、ぜんぜん痛くないのです。

それから、みなさんに誤解《ごかい》されているといけないので、念のためにいっておきます。「フン虫」という名前と、動物のウンチを食べるせいで、とてもくさい虫だと思っていませんか。

実際《じっさい》は、においをかいでみても、ぜんぜんくさくありません。これは、フン虫の名《めい》誉《よ》のために、声を大にしていっておきます。フン虫は、カメムシのようにくさいにおいを出したりはしないのです。

フン虫の多くは、子育てのしかたがとてもユニークです。フン虫の幼虫《ようちゅう》は、成虫と同じように動物のフンを食べます。でも幼虫は、自分でフンを見つけられません。だから親は、子どもが困《こま》らないようにフンの中に卵《たまご》を産むのです。

地面に落ちているフンのかたまりに、直接《ちょくせつ》卵を産むものや、土に穴《あな》をほってフンをためこんでから、卵を産むものがいます。

みなさんは、フンコロガシを知っていますか。『ファーブル昆虫記《こんちゅうき》』で有名なフンコロガシも、フン虫のなかまです。

フンコロガシは、タマコロガシやタマオシコガネ、スカラベとよばれています。ヨーロッパやアフリカ、アジアの一部にすんでいます。

フンコロガシはゾウ、ウシやウマ、ラクダやヒツジなどのフンを食べます。フンをボールのようにまん丸にして、逆立《さかだ》ちしながら、後ろ足で砂地《すなじ》の上を押《お》しながら転がしている姿《すがた》がよく知られています。

フンを転がすのは、一度でより多くのエサを、できるだけ早く安全なところに運ぶためです。穴《あな》をほってその中に入れ、あとでゆっくりと食べたり、卵《たまご》を産んで子育てをしたりするのです。

フンコロガシは、フンの玉に一つだけ卵を産みま

フンコロガシの卵《たまご》と幼虫《ようちゅう》／観察するために、フンの玉を割《わ》りました

す。卵はやがて幼虫《ようちゅう》になり、幼虫は玉の中でまわりにあるフンを食べながら育ちます。フンの玉は、「食べられる家」なのです。

生まれたときから、大好きなおかしの家にすんでいるようなものです。そのおかしの家は食べ放題。やがて、フンの中でさなぎになります。そして成虫になって、外に出てくるのです。

奈良公園のフン虫

奈良県奈良市の奈良公園には四十種類ほどのフン虫がいます。大きさは小さいもので二ミリほど、大きいもので二センチほどです。

奈良公園は公園といっても、とても広く、山や川、お寺や神社、しばふが広がっている場所や、木がおいしげっている場所などがあります。

奈良公園／中村《なかむら》館長が観察や採集《さいしゅう》に出かけることが多いエリアです

大仏《だいぶつ》で有名な東大寺《とうだいじ》や、神さまがシカに乗ってやってきたという伝説のある春日《かすが》大社《たいしゃ》もあります。

奈良公園には、およそ千三百頭のシカがいます。そのシカたちが一日に出すフンの量は、全部でなんと一トン！

「あー、ふんじゃった！」

「どうしよう……」

なんて、みんながさけて通るフンを、フン虫は毎日、

オオセンチコガネ／この色が瑠璃色《るりいろ》です

たくさん食べてくらしているのです。

新しいシカのフンをひっくり返すと、フン虫をかんたんに見つけることができます。色は、黒いものが多いです。でも奈良公園には、宝石《ほうせき》のようにかがやく瑠璃色《るりいろ》のルリセンチコガネがたくさんいます。

正式名は、オオセンチコガネです。日本じゅうにすんでいて、赤や緑色のものが多いです。ところが、奈良にいるオオセンチコガネは瑠璃色なのです。だから、とくにルリセンチコガネとよばれています。ニックネームのようなものです。

瑠璃色というのは伝統的《でんとうてき》な日本の色の名前で、今ふうにいうと青っぽいむらさき色です。

奈良市の環境《かんきょう》キャラクターは「ルリくん」といって、このルリセンチコガネがモデルです。熊本県の「くまモン」や彦根市《ひこねし》の「ひこにゃん」も生き物のキャラクターなので、「ルリくん」も人気者になるといいですね。

日本のフン虫

日本には、約百六十種類のフン虫がいるといわれています。いったい、どこにすんでいるのでしょう。

じつは、どこにでもすんでいます。フン虫は、北は北海道から南は沖縄まで、あちこちで見られます。

みなさんも探《さが》してみたければ、わざわざ遠くまで行く必要はありません。散歩がてら、近くの雑木林《ぞうきばやし》や公園に行ってみてください。動物のフンがあるところなら、どこでも見つけられますよ。散歩に来た犬のフンだって、フン虫にとってはごちそうなのです。

雑木林のほかに動物のフンが多い場所は、なんといっても牧場です。ダイコクコガネなどが見つかることがあります。

ダイコクコガネは、おもにウマとウシのフンを好んで食べます。フン虫ファンのあ

ダイコクコガネ／大きな角があるのがオス（左）です

いだで、とても人気があるフン虫です。どうしてかというと、オスには角があり、姿《すがた》がかっこいいからです。でも最近は、農薬などの影響《えいきょう》で、生息数はぐんと減《へ》ってきています。

海岸や川岸が好きなフン虫もいます。コブスジコガネやケシマグソコガネのなかまなどが見つかることがあります。砂地《すなじ》でくらすのが好きで、くさった草の根や浜《はま》に打ちあげられた魚、水鳥の羽《う》毛《もう》などをエサにすることもあります。

突然《とつぜん》ですが、クイズです。

日本には、フン虫ファンから「三大聖地《せいち》」とよばれているところがあります。どこだか、わかりますか。

答えは……、すでに何度も書いている奈良県の奈良公園。それから宮城県の金華山《きんかさん》、もうひとつは広島県の宮島《みやじま》です。

じつは、三か所ともシカがいて、神さまをまつる神社があるところです。シカのフンがあって、自然環境《かんきょう》が守られているので、フン虫がたくさん生息しています。手軽にいろいろなフン虫を見ることができるので、フン虫ファンがたくさん集まるのです。

「ならまち糞虫館《ふんちゅうかん》」で見られる世界のフン虫

「ならまち糞虫館《ふんちゅうかん》」では、アフリカ生まれのフンコロガシを数匹飼《すうひきか》っています。輸入《ゆにゅう》されて、飛行機でやってきました。エサは奈良公園のシカのフンです。

フンコロガシは見学者のあいだで人気者です。大きな飼育箱《しいくばこ》の中で、フンを転がしたり、フンを取りあってけんかをしたり、穴《あな》をほったりするようすを中村館長《なかむら》が解説《かいせつ》してくれます。

一匹のフンコロガシが、フンをころころ転がしはじめました。すると、ほかのフンコロガシが寄《よ》ってきます。

「おい。そのフン、なかなかじょうずに丸めたね。いっただきー、えーい！」

「なに？　自分でつくれよ」

「なまいきなやつめ、パンチ！」

「うー、返してよー」

「やだよー」

「やられた……」

中村館長はまるで、「フン虫語」がわかるみたいです。

ところで、フンコロガシは、ピラミッドがつくられたころの古代エジプトでは、神さまとしてあつかわれていました。丸いフンを転がす姿《すがた》が、太陽の動きをつかさどる

ならまち糞虫館《ふんちゅうかん》のフンコロガシ／右の写真が赤っぽいのは、暑い日ざしを再現《さいげん》するために、こたつの赤外線ライトを照らしたからです

神のイメージと重なったからだといわれています。

「ならまち糞虫館《ふんちゅうかん》」には、めずらしい世界のフン虫がたくさん展示《てんじ》されています。

ニジイロダイコクコガネなんていう、すてきな名前のフン虫もいます。アルゼンチンにすんでいて、ほんとうに虹《にじ》みたいな色をしていて、みごとです。動物のフンを食べる虫が、どうしてこんなに美しいのだろうと、ふしぎに思えるくらいです。

ニジイロダイコクコガネ／ほんものの標本を見たくありませんか？

それでは、中村《なかむら》館長がどんな人なのか、まずは子どものころのようすから見ていきましょう。

第二章 生き物好きのけいちゃん

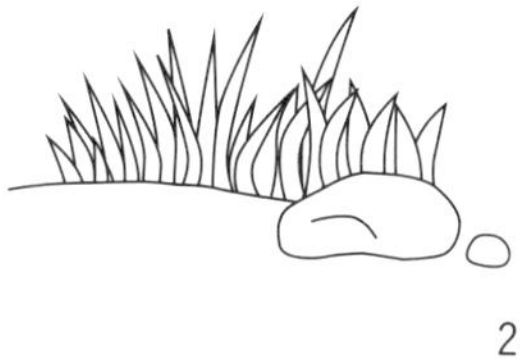

大阪で生まれる

「お父ちゃん、早く！　クワガタにげてしまうよ。車のかぎ、ここ！」
「だいじょうぶ。クワガタとりのときだけ早起きなんだから。ほら圭一《けいいち》、ぼうし、忘《わす》れてるよ」

朝早くから、圭一少年の大きな声がひびきます。

圭一少年が四歳《よんさい》のときのことです。このころから、もう虫好きがはじまっていました。

夏になるとかならず、お父さんが朝の暗いうちから、車で大阪と奈良の境《さかい》にある生《い》駒山《こまやま》にクワガタムシをとりに連れていってくれました。

お父さんは個人《こじん》で輸入《ゆにゅう》や輸出の仕事をする、自営業《じえいぎょう》でした。おもに、そうじで使うモップなどの家庭用品をあつかっていて、朝早くから、夜おそくまで仕事をしていました。

「ただいま」

「えーっ、お父ちゃん？」

圭一少年はびっくりしました。

お母さんもおどろいた顔をしています。

「お帰りなさい。お父さん、こんなに早く帰ってきて、どうしたの？」

「どうしたって……、それはないだろ。いや、きょうは仕事が早く終わったから」

「お父ちゃん、じゃあ、きょうはいっしょにばんご飯食べられるね」

休みもあまり取らない仕事中心の生活なので、家で子どもと遊ぶ時間はありませんでした。家族で旅行をすることもありません。

でも、夏には毎年、お父さんが虫とりに連れていってくれて、それは小学校高学年まで続きました。

お母さんは、結婚《けっこん》する前は糸や布《ぬの》などのせんい製品《せいひん》をつくる会社に勤《つと》めていました。結婚後は仕事をやめて、専業主婦《せんぎょうしゅふ》になりました。

「お母ちゃん、今度こんなケーキ、つくって！」

テレビを見ていた圭一《けいいち》少年がいいました。

「いいわよ。あした、材料、買ってくるね」

「やったーっ！　こんなケーキ、まだだれも食べたことないだろうなあ」

お母さんは明るく積極的な性格《せいかく》で、なんでも自分でやるファイトのある人です。編《あ》み物《もの》、洋裁《ようさい》、お料理が得意《とくい》で、なにからなにまで手づくりです。

中村《なかむら》圭一館長は、一九六四年一月二十六日に、大阪府東大阪市で生まれました。

「圭一」という名前は、漢字を書いたときに、左右対称《たいしょう》でかたよりがなく、どっしりと安定感があります。そのうえ、読みやすい字ということでつけられました。

生まれたのは、一年のうちでいちばん寒い時期です。かぜをひかないように、とても気をつけて、家じゅうを暖《あたた》かくして大事に育てられました。

圭一少年は幼《おさな》いころ、「けいちゃん」とよばれていました。とてもよく泣く赤ちゃんで、お母さんは苦労しました。

「どうしたの、けいちゃん。昼も夜も、ほんとうによう泣く子ね」

となりのおばさんも、困《こま》った顔でお母さんに同情《どうじょう》しています。

お母さんが圭一少年を抱《だ》き、家のまわりを歩いてあやしても、なかなか泣きやんでくれません。

圭一少年の上には、三つちがいの姉がいました。

(おねえちゃんのときは、こんなではなかったのに……)

と、お母さんは首をかしげるばかりです。

(泣くのは赤ちゃんの仕事だから、まあ、しかたないな)

あきらめるしかありませんでした。

家は、東大阪市の国鉄片町線《かたまちせん》（当時。現在《げんざい》のＪＲ学研都市線《がっけんとしせん》）鴻池新田駅《こうのいけしんでんえき》の近くにありました。ところどころに田んぼや畑が残っている地域《ちいき》で、家のすぐとなりも田んぼでした。

圭一《けいいち》少年は近所の子どもといっしょに、毎日のように家の近くで、カエルやトカゲ、ザリガニ、セミなどをとって遊んでいました。

夕方、あみと重そうなバケツをもって帰ってくる圭一少年に、お母さんは毎日、同じ質問《しつもん》をします。

「けいちゃん、きょうはなにをとってきたの？」

「ザリガニ。見て、見て。五匹《ごひき》もいるよ。こいつとこいつ、さっきからけんかしてる」

そういいおわるが早いか、圭一少年は、今度はバケツを置いて、虫とりあみをもって、家の庭に走っていきました。

お母さんは庭で、大根や小松菜を育てていました。

「けいちゃん、もう……。小松菜、ふまないでね。ちょうど芽が出てきたところだから」

「うん、わかってる」

お母さんは口ではそういいながらも、目をかがやかせて虫とりに熱中する圭一少年を、やさしく見守っていました。

家の庭も、圭一少年のかっこうの遊び場でした。庭にやってくるチョウやトンボをつかまえたり、花や葉っぱについた小さな虫を観察したりするのも楽しい遊びでした。

止まらないなみだ

圭一少年は一九七〇年に、東大阪市立成和《せいわ》小学校に入学しました。

ほがらかで活発な子どもだったので、すぐに友だちができました。好きなことは、やはり虫とりです。頭の中はいつも、虫や生き物のことでいっぱいでした。

一学期が終わり、楽しい夏休みがはじまりました。

ある日、圭一《けいいち》少年は四センチぐらいのイモムシを畑で見つけて、家にもって帰ってきました。

図鑑《ずかん》で調べたら、どうもアゲハチョウの幼虫《ようちゅう》のようです。おおよろこびで虫かごに入れ、飼《か》いはじめました。毎日、葉っぱをやり、きりふきで水分をあたえて、世話をしました。幼虫は虫かごの中でよく動きまわり、もりもり葉っぱを食べて、大きくなっていきました。

ところがあるとき、幼虫が動かなくなりました。葉っぱもあまり食べません。じっとしています。そして次の日、さなぎになりました。

幼虫とは、まったくちがう姿《すがた》です。まるでまほうみたいだなと、圭一少年は思いました。でも、図鑑の写真とそっくり同じだから、心配いりません。

さわるとぴくぴく動くので、生きていることがわかります。

そして、さなぎになって十日ぐらいたつと、羽のもようが、外からすけて見えるようになりました。アゲハチョウになる日が近づいてきたのです。

そして、ついにさなぎの背中《せなか》がわれて、中からアゲハチョウが出てきました。

もう、わくわくが止まりません。

「お母ちゃん、見て。出てきた！」

でも、羽はまだ広がっていません。小さく折りたたまれたようになっています。

息を飲んで見ていると、羽が少しずつ広がってきました。

「あっ。これ、アオスジアゲハだ」

圭一少年は黒っぽい羽のまん中に、青いもようがあるのを見つけていいました。

ところが、もうそれ以上、羽はうまく広がりません。アゲハチョウは、ちぢれたままの羽をバタバタさせています。圭一少年は広げてあげようと、羽をちょっと引っぱりました。すると、羽が取れてしまったのです。

「どうしよう。かわいそうなことしてしまった。ぼくのせいだ……」

わーわーと泣きだした圭一《けいいち》少年に、そばで見ていたお母さんが声をかけました。

「けいちゃん。悪気があって羽をちぎったわけじゃないから……。やさしい気持ちから、羽をのばして飛べるようにしてあげようとして、こうなったんでしょ……。アゲハチョウも、きっと許《ゆる》してくれるわ」

圭一少年は、やっと泣きやみました。

「外に出して、自由にしてあげる」

そういって、庭へアゲハチョウをにがしました。外に出したら、がんばってくれるような気がしたからです。

その日は夕方から雨がふりだして、夜にはひどいどしゃぶりになりました。

圭一少年はふとんの中で、しくしく泣いていました。

お母さんは心配して、

「けいちゃん、どうしたの？」

と聞きました。

「こんなひどい雨で、アオスジアゲハ、死んでしまう。かわいそう。羽もないから、飛べないし……」

そういう圭一少年に、お母さんはこう話しました。

「そうね……。どんな虫でも、動物でも、自然との戦いがあるの。それに勝ったものだけが生きていられるのよ。とても、とてもきびしい世界なのね。アゲハチョウもきっと、どうにかして生きようと必死になって、葉っぱのかげで雨のやむのを待っているわ」

圭一少年は、お母さんがけんめいに話してくれていることがわかりました。納得《なっとく》すると、もうそれ以上はなにもいわず、眠《ねむ》りにつきました。

あとでわかったことがあります。アゲハチョウは、枝《えだ》や葉っぱの裏《うら》などにぶらさがり、重力を利用して羽をのばします。ところが、このときのさなぎは、虫かごの底にいたのです。なにかにぶらさがっていなかったので、うまく羽が広がりませんでした。

ぼくの夢《ゆめ》は虫屋さん

小学生になって初めての夏休みが終わろうとしています。この夏、圭一《けいいち》少年は毎日、毎日、虫とりと虫の世話ばかりしていました。

勉強はそっちのけの圭一少年に、お母さんが聞きました。

「けいちゃん。お勉強ぜんぜんしないで、どうするの？　大きくなったら、なんになるの？」

「ぼくは虫屋さんになる！　それで、いろんな虫の世話をたくさんする。ぼくの夢《ゆめ》は虫屋さん！」

圭一少年は、虫屋さんということばを思いつき、目をきらきらさせて、そう答えました。いつも、虫に囲《かこ》まれていたいという気持ちがあったからです。

圭一少年が小学二年生のときに書いた作文があります。ほとんどひらがなで書かれているので、漢字にしたり、読点を入れたりして、読みやすくしました。

まっかちんとあるのは、はさみが赤く、体が大きいザリガニのことです。

ザリガニとり

ぼくはみんなとザリガニとりに行きました。

ぼくはカエルでつりました。せまいところでつっていると、先生が、

「こっちのほうがつれるよ」

といいました。

………

まっかちんは、カエルをはさみました。

ぼくは引きながら、としや君に、

「あみ、あみ」

といいました。としや君が来て、ぼくにわたさないで、すくいました。

ぼくは、にげたと思いました。あみを見ると、とれていました。としや君がほしがりました。

でもあげません。

そして、バケツに入れようとしたら、まさる君が、

「入れるな」

といいました。

「どうして」

と聞きました。

「ともぐいするから」

とまさる君がいいました。

………

学校に着くと、わけました。

ぼくはまっかちんをとって、おおいそぎで帰りました。

ザリガニは虫ではありませんが、いつもたくさんのザリガニが圭一《けいいち》少年の家では飼《か》われていました。

「夢《ゆめ》は虫屋さん」といっていたけれど、虫だけにとどまらなかったようです。

大阪から奈良へ

一九七二年の小学三年生の夏。一家は東大阪市から奈良市に引っこしをし、圭一少年は奈良市立飛鳥《あすか》小学校に転校しました。飛鳥小学校は奈良公園のすぐ近くです。

二学期の始業式の日。

「きょうからこのクラスに入る中村《なかむら》君です。大阪から引っこしてきました」

そういって先生は、黒板に大きく「中村圭一君」と書きました。

圭《けい》一《いち》少年は、新しい学校に行くと聞いたときは、不安な気持ちになり、いやだなあと思いました。

でも学校のまわりにも、新しい家のまわりにも緑がいっぱいで、虫がたくさんとれそうです。どんな虫がとれるのかなと考えていると、不安がいっぺんにふきとびました。

クラスには虫が好きな男の子がいて、すぐになかよくなりました。その子の名前は堀《ほり》口《ぐち》君。やせていて色が白くて、髪《かみ》の毛《け》が少し長めです。おたがいに、「ぐっちん」、「むらっち」とよびあい、週に何度も虫とりに行きました。

ある月曜日の朝のことです。

教室に入ってきた圭一少年は、堀口君に声をかけました。

「おはよう。きのう、クワガタがたくさんいる木を見つけたよ」

「えっ、ほんと？　どこで？」

堀口君が早口で聞いてきました。

「どこだと思う？」

　圭一少年はもったいぶって、なかなか教えません。

「それは……、ぐっちんの家の近く」

　堀口君の耳元で、ささやくようにいいました。

「うそっ！」

「ほんと。朝早く行ったら、いたよ。ぐっちんの家のすぐ裏《うら》の山」

　堀口君は山のほうに住んでいました。いつも、家の前の道から学校までを行き来していても、裏山のほうに行くことはあまりありません。

　圭一少年は、なにもかもがめずらしく、休みの日には朝早く起きて、いろいろなルートで虫探《むしさが》しをしていました。

「今度の日曜日、とりに行く？」

「行く、行く。いっしょに行こ！」

　もう、どっちが転校生かわからないくらい、圭一少年は近くの山のことをよく知っていました。二人で、樹液《じゅえき》の出るクヌギの木を探《さが》しては、クワガタムシをねらってとりに行きました。

それにくわえて、新しい家は二階建ての一軒家《いっけんや》で、前の家よりも大きく、いろいろな生き物を飼《か》えました。

げんかんを開けると広いスペースがあり、そこに大きな水そうがいくつか置いてありました。

そして、階段《かいだん》を上がると、天井の低い中二階のような空間があります。そこが、圭《けい》一《いち》少年の部屋でした。

そこにも水そうやペットのおりを置いて、生き物を飼育《しいく》していました。秘密基地《ひみつきち》のようで楽しく、クラスのみんながよく見に来ていました。
五、六年生のころには、ハムスター、セキセイインコ、熱帯魚、ニシキゴイといった身近な生き物から、ワニ、ヘビ、カメレオン、リクガメ、デンキナマズ、アロワナなど、ふだんあまり見られないめずらしい生き物もいました。

まるで水族館か、ペットショップです。

とくにハムスターは、友だちのあいだでも人気者で、メスにはマルコ、オスにはマルコムという名前をつけて、かわいがっていました。

そして、ハムスターの赤ちゃんが生まれたら、

「はい、プレゼント！」

といってクラスの友だちにあげ、よろこばれました。

第三章　運命の出会い

フン虫の標本

一九七六年四月に圭一《けいいち》少年は、奈良女子大学附属《ふぞく》中学校に入学しました。

男子なのに女子大学附属？　そう思った人はいませんか。奈良女子大学は、女子だけが行く大学です。でも、附属の中学校と高校は男女共学なのです。

生徒の数はあまり多くなく、一学年は三クラスです。圭一少年はB組になりました。B組は男女ともなかがよくて、楽しい中学生活がはじまりました。

この学校もまわりには緑が多く、奈良公園の近くなので、ときどき校庭にシカがやってきます。校舎《こうしゃ》の三階からは、奈良公園のおくにあって、千年以上も守られてきた原

始林が広がる春日山《かすがやま》がよく見えました。

遠くから、電車に乗って通ってくる生徒もいました。でも、圭一少年の家はすぐ近くで、歩いて五分ほどでした。

「近い人ほど遅刻《ちこく》しやすい」という話を聞いたことがあります。もちろん、人によってちがいますが、圭一少年はこれにあてはまっていました。明るくて、活発な性格《せいかく》なので、遅刻しても、

「すいません。おくれました！」

といいながら、どうどうと教室に入ってきます。だから、本人もまわりもあまり気にすることなく、笑っておしまいでした。

奈良女子大学附属中学校はクラブ活動がさかんで、圭一少年は野球部に入りました。

野球部の練習はきびしくて、圭一少年は最初のころ、毎日雨がふって練習が中止になることを祈《いの》っていました。でも、がんばって練習を続け、二年生に上がるとファーストを守るレギュラーになることができました。

圭一《けいいち》少年は、勉強が苦手でした。でも、理科だけは大好きでした。

中学二年の夏休みに、昆虫採集《こんちゅうさいしゅう》の宿題が出ました。虫をとって標本にするのです。

「えー、そんなのやったことない」

「むずかしそう」

クラスのみんながぶつぶついう中、圭一少年は心の中で、

「やったー！」

とさけび、小さなガッツポーズをしました。虫とりは得意《とくい》中の得意だからです。

夏休みのあいだじゅう、カブトムシ、クワガタムシ、カナブン、ハナムグリ、ケシキスイ、スズメバチ、コムラサキなど、たくさん虫をとりました。できるだけ、オスとメスをそろえるようにしました。

朝から夕方まで虫をとっていても、お母さんに胸《むね》をはっていえます。

「これ宿題だから。ぼく、宿題してるんだから」

こんなにうれしいことはありません。

標本箱は背広《せびろ》を入れるための、厚紙《あつがみ》でできた大箱を使いました。その中に発泡《はっぽう》スチロールを敷《し》き、虫ピンというピンで、虫をていねいに固定しました。虫ピンは、昆虫の標本をつくるときに使う、虫をとめるための小さな針《はり》です。文房具店《ぶんぼうぐてん》で買ってきました。

最後に、箱の上にラップフィルムをはって、標本の完成です。テーマは「樹液《じゅえき》に集まる昆虫」とし、全部で二十種類以上、六十匹《ぴき》ぐらいを標本にしました。

（虫の数も、種類も、こんなにたくさん集めた人はきっといないだろうな。ぼくがいちばんに決まってる。それにしても、このクワガタ、かっこいい！）

と、圭一少年は思いました。

夏休みが終わり、二学期がはじまりました。最初の理科の時間です。先生がいいました。

「みんな。標本、できましたか？　それでは机《つくえ》の上に出してください。順番に見ていきます」

圭一《けいいち》少年はわくわくしながら、箱を出しました。ざっと見たところ、クラスでいちばん大きな箱です。

「わー、すごい！」

「これなに？　きれい！」

という声が聞こえました。

でもそれは、圭一少年に向けられたのではありません。

その声の中心にいたのは、石田清《いしだきよし》君。

ほかのだれもが、おかしの空き箱などを利用して、標本箱にしていました。ところが石田君だけは、博物館にあるような、りっぱで、本格的《ほんかくてき》な標本箱でした。木でできていて、上にはガラスのふたがついています。

よく見ると、虫を固定するのに使われているのは、虫ピンではありません。昆虫針《こんちゅうばり》とよばれる、標本用の細くて長い針《はり》でした。虫ピンが二センチぐらいなのに、昆虫針はその倍ぐらいの長さです。ラベルは英語で書かれた、本格的な標本でした。

そして、収《おさ》められていた虫が、またすごいのです。青や緑色にかがやく虫でした。

そんな虫を見たことがない圭一少年は、とてもおどろきました。

「石田君。その虫、どこでとったの？」

「奈良公園」

圭一少年は、にわかには信じられませんでした。

（奈良公園って……）

奈良公園は、自分の家の庭のようなものです。どの木にどんな虫が集まるか、よく知っています。毎日のように行っているから。奈良公園のことはなんでも知っていると思っていた圭一少年は、知らない虫がいることにショックを受けました。

石田清君は勉強ができる、まじめな秀才《しゅうさい》タイプです。スポーツマンタイプの圭一少年とは、ちょっとちがいます。

じつは、圭一少年が苦手なタイプでした。だから圭一少年は、

（あんなまじめなやつに話しかけるのはいやだな）

と思いました。

でも勇気を出して、奈良公園のどのあたりでとれるのかを聞いてみました。すると意外にも、

「どこでもとれるよ。きょうの帰りに、いっしょに行ってみる？」

という返事が返ってきました。

（あれっ。あいつ、あんがいいいやつかも……）

放課後、いっしょに奈良公園に行きました。

「石田《いしだ》君、どの木にいるの？」

「木とちがうよ。シカのフンの下にいるよ」

「えーっ」

「だって、フン虫だから。中村《なかむら》君、知らないの？『ファーブル昆虫記《こんちゅうき》』、読んだことある？」

「あるよ。小学生のときに読んだ」

「あのフンコロガシのなかまだよ」

そういうと石田君は、木がたくさんあって、日かげになっているところに入っていきました。

落ちていた枝《えだ》を使い、まだ新しいシカのフンをひっくり返しています。フン虫はにおいに反応《はんのう》して集まってくるので、見つけるには新しいフンのほうがいいのです。

石田君の標本箱で見た、青い虫が出てきました。ルリセンチコガネです。

「おおーっ」

圭一《けいいち》少年は、大きく目を見開きました。

これをきっかけに二人は、奈良公園へいっしょに通うようになりました。

そしておたがいを、「キヨシ」、「けーさん」とよびあい、石田君は勉強が苦手な圭一少年に英語や数学を教え、スポーツが苦手な石田君に圭一少年がソフトボールの相手をしたりして、中学校と高校のほとんどの時間を、いっしょに過《す》ごすようになったのです。

ジャンケン対決

石田《いしだ》君と友だちになってから、圭一《けいいち》少年は以前にもまして、奈良公園へよく足を運ぶようになりました。

ルリセンチコガネを見つけるのは、もうお手のものです。ゴホンダイコクコガネも、ときどき見つかります。

ゴホンダイコクコガネは、全長が一センチから一・五センチぐらいの黒いフン虫です。頭にはカブトムシのような長い角が、胸《むね》にも四本の短い角がある、かっこいいフン虫です。

フン虫の名前もだいぶ覚えたある日のこと。

ゴホンダイコクコガネ／角の数を数えてみてください

ヒメコブスジコガネ／最近、中村《なかむら》さんが見つけて撮影《さつえい》しました

その日も二人で、フン虫を探《さが》していました。

「キヨシ！　これもフン虫かな？」

圭一少年がフンの下にかくれていた、見慣《みな》れない小さな虫を指さしました。六ミリぐらいの、丸い茶色の虫です。

石田君はピンセットでそっとつまんで、自分の手のひらに乗せました。

「どれどれ、ん!?　これはヒメコブスジコガネじゃないかな」

「えっ！　ほんと？」

「ヒメ」は小さいという意味で、かなり小型《こがた》です。「コブスジ」はその名のとおりで、前羽の上に小さなこぶが、すじ状《じょう》になってくっついています。

動いていないときは、よく見ないと茶色の小石のように見えます。

「けーさん、まちがいない。これ、ヒメコブスジコガネ！」

「ヒメ、コブスジ、コガネ。やったーっ！」

圭一《けいいち》少年はよろこびをかくしきれず、ことばを切るようにして声に出しました。

それまでまったく見つけたことがない、めずらしいヒメコブスジコガネ。それを、石田《いしだ》君と二人で見つけたのです。

大人用の研究書には、奈良公園にいると書かれていました。でも、これまでは一度も見つけられませんでした。まるで、鉱山《こうざん》で宝石《ほうせき》を見つけたくらいのうれしさです。

「世紀《せいき》の大発見！」

圭一少年は飛びあがって、よろこびました。

いっぽうの石田君は静かに、保管用《ほかんよう》のフィルムケースに、ヒメコブスジコガネを入れました。

フィルムケースは、最近あまり見かけなくなりました。写真フィルムの入れ物で、直径が三・五センチ、高さが五センチぐらいのつつ型《がた》です。しっかり閉《し》まるふたがついています。

圭一少年は、奈良公園でそれまでに見つけたすべての種類のフン虫を標本にしていました。ヒメコブスジコガネをくわえることができると思うと、すごく興奮《こうふん》しました。

ところが、石田君も同じようにこのフン虫に興味《きょうみ》をもったのです。どちらがもちかえるかが問題になりました。

「ぼく、ぜったいにほしい。これ、今までつかまえられなかったから。キヨシ、お願い」

と、圭一少年。

「いや、ほかのだったらかまわないけど……。けーさん。これだけは、ちょっと……」

と、石田君もゆずりません。

「でもキヨシは、これまで全部集めていたわけじゃないし……。べつに、ひとつぐらいいいでしょ。お願いだから」

圭一少年は両手を合わせて、石田君をおがみました。

「いや、研究のためには、実物がぜったいに必要。図鑑《ずかん》だけではわからないこともあるから。いくらけーさんのお願いでも、これだけは……」

石田《いしだ》君も、圭一《けいいち》少年と同じぐらいヒメコブスジコガネがほしいのです。話しあいはうまく進みません。

「じゃあ、じゃんけんで決めよう」

「よし、わかった！」

二人ともドキドキです。

「どっちが負けてもうらみっこなしだからね」

「うん、男と男の勝負！」

二人の声がひびきます。

「ジャン、ケン、ポン！」

「あいこでしょ」

「あいこでしょ」

しんけん勝負が続きます。

二人とも、手に神経《しんけい》を集中させています。

「あいこでしょ」

「あいこでしょ」

「あっ、やったーっ！」

「えっ、えーっ。そんなー」

はたして、長いじゃんけんのすえ、勝ったのはどちらでしょうか。

石田君でした。

「キヨシ、待って。三回勝負にしようよ」

「今さら、なにいってるの、そんなのだめだよ」

「でも……」

圭一少年は、まだあきらめられません。

「せっかく、見つけたのに！　もう、キヨシなんか、キヨシなんか……」

どうにも腹《はら》の虫がおさまらない圭一《けいいち》少年は、くやしくて、くやしくて、何日も石田《いしだ》君とは口をきく気になれませんでした。

第四章 フン虫にハマる

虫好き、集まれ！

圭一《けいいち》少年は中年三年生になりました。やはり好きな教科は理科で、とくに生き物に対する興味《きょうみ》がいっそう強くなってきました。

圭一少年が小学生のころから、日本各地では、いろいろな公害が問題になっていました。工場から出るよごれた水で海がきたなくなり、魚などの海の生き物が死んだり、病気になったりしていました。

また、人間にも深刻《しんこく》な被害《ひがい》が多く出ていました。体が不自由になったり、死亡《しぼう》したりする人も出ていました。

圭一《けいいち》少年は、そんなニュースを耳にするたびに、心が痛《いた》みました。

そして、将来《しょうらい》は「世界自然保護基金《ほごききん》（WWF）」のようなところで自然保護の仕事をしたいなと考えるようになっていました。

世界自然保護基金は、パンダのシンボルマークで有名な団体《だんたい》です。おもに、人と自然が調和して、うまく生きられる未来をめざして活動しています。

たとえば、野生動物を守る仕事や、森林が少なくなったり、海がきたなくなったりすることを防《ふせ》ぐ仕事、パンダなどの数の少ない動物の保護を進めたりしています。

圭一少年は、きれいな海や森を少しでも多く守りながら、人間も動物も豊《ゆた》かにくらしていける世の中をつくりたいな、と考えるようになったのです。

しかし、いつもそんなまじめなことばかり考えていたわけではありません。テレビでは、アイドルが出る歌番組が大好きでした。

ラジオの深夜放送も好きで、よく聞いていました。番組のパーソナリティーをつとめているお笑い芸人のおもしろいトークは、圭一少年にとって魅力《みりょく》のひとつでした。

歌番組の次の日は、学校で大好きなアイドルが歌っているまねをしました。ラジオ番組で仕入れたギャグで、クラスをわかせたりする人気者でした。

中学三年生の夏。中学校に入ったときから続けていた野球部の公式戦が終わり、引《いん》退《たい》しました。

それまでは野球をしながら、いそがしい中で、石《いし》田《だ》君といっしょにフン虫の観察もしていました。でも、これからはフン虫の観察に使える時間がふえます。圭一少年の学校は、中学校と高校がつながっていて、受験の心配がないからです。

圭一少年が石田君にいいました。

「キヨシ。虫を観察する同好会、つくろうよ」

「えーっ？　同好会って？」

「クラブ活動と同じだよ。クラブよりはちょっと小さいの。五人いたらつくれるらしいよ。二人でフン虫を観察するのもいいけど、もっとたくさんでやったほうが楽しくない？　ほかの虫もおもしろそうだし」

「うん、たしかにそうかも。いい考えだと思うよ」

ということで、話はすぐにまとまりました。

そのころ、生き物好きの同級生がよく圭一《けいいち》少年の家に遊びに来ていました。学校から近く、動物をたくさん飼《か》っていたからです。げんかんにも、中二階の秘密基地《ひみつきち》のような部屋にも水そうがふえていました。

同級生が遊びに来ると、圭一少年は同好会の話をもちかけました。

「うん、うん。おもしろそう」

とすぐに話に乗ってきて、同好会のメンバーが数人集まりました。

「活動の記録を写真で残せるといいんだけど」

と、石田《いしだ》君がいいました。

「写真か……。ウエッチが写真部だから、さそってみようよ」

「ウエッチ？　ああ植田《うえだ》君か。いいね！　あと、もう一人ぐらい、いないかな」

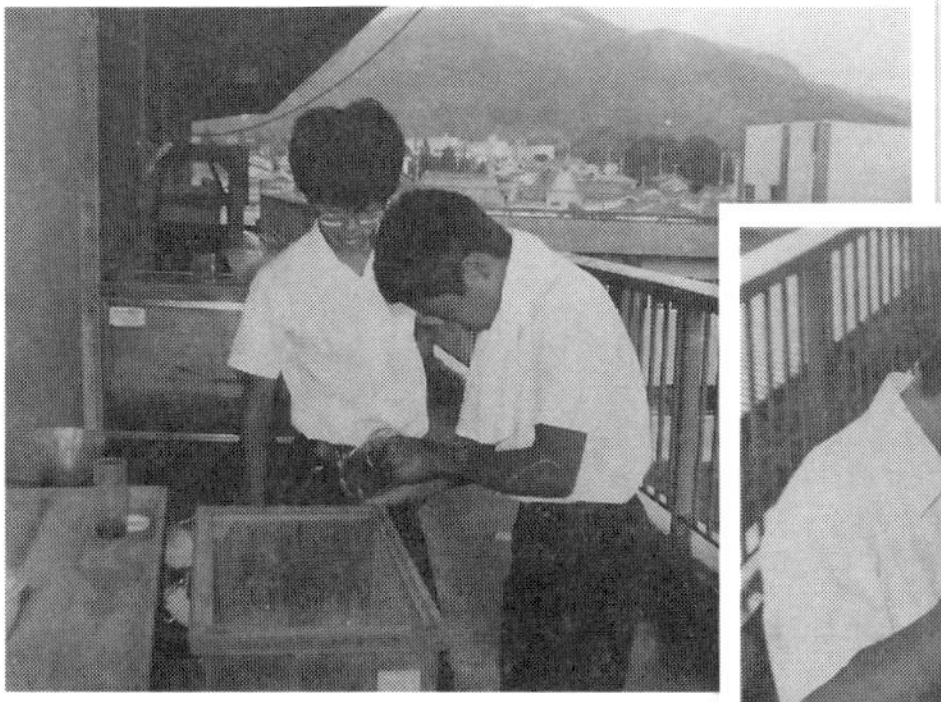

昆虫同好会《こんちゅうどうこうかい》／校舎《こうしゃ》のベランダでの活動。
どちらの写真も、右が圭一《けいいち》少年

「じゃあ、野球部でいっしょだったサルゾウにも声かけてみるよ」

「サルゾウ？　ああ、あのおもしろい石川《いしかわ》君。うん。けーさん、お願い」

そんな調子で、メンバーはすぐにそろいました。圭一少年と石田君、そして五人の同級生の合計七人です。

名前は、「昆虫《こんちゅう》同好会」。圭一少年が会長になりました。

「同好会には顧問《こもん》の先生が必要だから、加藤禎孝《かとうていこう》先生にたのもう」

石田君の声がはずみます。

加藤先生は生物の先生です。さっそくお願いしに行きました。先生が快《こころよ》く引きうけてくれて、いよいよ活動開始です。

フン虫の活動調査《ちょうさ》

最初にだれかが、

「セミの研究をしようよ」

といいました。また、べつのだれかが、

「タガメとか……。水中昆虫《こんちゅう》、おもしろくない？」

と、いいました。興味《きょうみ》のある虫は、それぞれちがっていました。

「やっぱり、フン虫の研究にしようよ。だって、ほかの虫はほかの場所でも研究できるけど、よく考えてみて。ここは、となりが奈良公園だよ。奈良公園は日本を代表するフン虫の生息地、フン虫の聖地《せいち》なんだよ。フン虫の観察にもってこいだよ。こんな場所はなかなかないから、ぜったいにフン虫にするべきだよ」

と、石田《いしだ》君がみんなを説得《せっとく》して、フン虫を調べることになりました。

「じゃ、どうせなら、だれもやったことがない実験がしたいね」

「でも、それだとやりかたが書いてある本はないね……」

「本にないことをやるのがおもしろいんだよ」

みんながいろいろな意見を出します。

「好きなように考えて、なんでも調べてみたいことをやればいい」

というのが、加藤《かとう》先生のアドバイスでした。

虫の学者が書いた本を読んだりしながら、最終的にはみんなで考えて、奈良公園内のどんな場所にどんなフン虫がいるのか、なにを好んで食べているのか、季節によって活動する種類がどうかわるのかを、一年かけて研究することになりました。

まずは、次の五か所に紙コップでつくったわなを置くことにしました。
・とても明るい場所（木かげのない、しばふの上）

・やや明るい場所（まばらにマツやサクラがあるところ）
・ふつうの明るさの場所（まばらにカシやスギがあるところ）
・やや暗い場所（アセビなどの背《せ》の低い木がしげっているところ）
・とても暗い場所（背の高い木の下に、ナギなどの低い木がしげっているところ）

これで、どこに、どんなフン虫がいるのかがわかります。

次に、なにでフン虫を集めるかを話しあいました。フン虫の好物は、シカのフンだけではありません。

「死んだ動物の肉を食べるフン虫もいる、って聞いたことあるよ」

「じゃ、牛肉、入れてみたらどうかな」

「うん、おもしろそう」

「スーパーで買えるしね」

「牛肉、決まり！」

圭一《けいいち》少年はテンポよく話を進めます。

「ほかに、なんかないかな？」

「奈良公園の近くの道で、イヌの散歩をしている人がときどきいるよ。イヌのフンにもやってくるのかな」

「わからないけど、来ると思う……」

「じゃ、やってみる？」

「でも、イヌのフンはどうするの？」

「だれか、飼《か》ってる人？」

みんながいっせいに、石田《いしだ》君を見ました。

「キヨシっ。飼ってるよね」

「えーっ、飼ってるけど……。イヌのフンを学校にもってくるの？　それは、ちょっと……」

「それもこれも、実験のため！　はい、お願いしまーす」

全員がはくしゅをして、決まりました。

紙コップの中にシカのフン、イヌのフン、牛すじ肉をべつべつに入れて、それらを五個《ご こ》ずつ用意します。

牛すじ肉にしたのは、値段《ねだん》が安かったからです。

これで、どんなフン虫がなにを好んで食べているのかがわかります。

顧問《こもん》の加藤《かとう》先生からは、次のような注意がありました。

・データはきちんとノートに記録すること
・公園に行くときは複数《ふくすう》で行くこと
・わなにかかった虫は、データをとったら、できるだけその場でにがすこと

この三つを守って、いざ、活動開始です。

五か所に三種類ずつなので、毎回、十五個のわなを用意します。毎週、それらを置いては回収《かいしゅう》し、データを記録します。

「フン虫観察ノート」に日時、天気、場所、とれたフン虫の種類と数を記入していきました。

そして、圭一《けいいち》少年は高校一年生になり、部活はワンダーフォーゲル部と卓球部《たっきゅうぶ》に入りました。石田清《いしだきよし》君も、ワンダーフォーゲル部と卓球部です。

ワンダーフォーゲル部というのは、おもにハイキングや登山などの野外活動をするクラブです。自然が大好きな圭一少年は、週末に山歩きをするワンダーフォーゲル部の活動を楽しみました。

卓球は、それまで経験《けいけん》がありません。ところが、やってみるとおもしろくて、すぐに大好きになりました。そして、めきめきと上達し、最終的にはサルゾウさんとダブルスを組んで、奈良県のベスト十六に選ばれて近畿《きんき》大会に出たほどです。ダブルスは、二人一組みでするゲームのことです。

昆虫《こんちゅう》同好会も、同じメンバーでずっと活動を続けています。

フン虫観察は、とても根気のいる作業でしたが、一年間、こつこつとがんばりました。とくに冬は、夕方は暗く、寒くてたいへんでした。でも圭一少年は、大好きなフン虫を見られるので苦になりません。

この観察のおかげで、奈良公園で春、夏、秋、冬と、季節によってどんなフン虫が、どんな場所に、どれくらいあらわれるのかがよくわかりました。

たとえばルリセンチコガネは、日当たりが悪い暗い場所に多く、春から秋にかけて見られます。夏には数が減《へ》るから、暑いのはどうも苦手なようです。

セマダラマグソコガネ。四ミリから六ミリぐらいの、まだらもようの茶色のフン虫で、冬に多く、イヌのフンが大好きです。

ツヤエンマコガネ。五ミリから八ミ

セマダラマグソコガネ／小さいので、ルーペ（虫めがね）で拡大《かくだい》しました

ツヤエンマコガネ／表面のつやつやが強いフン虫です

りぐらいの、つやつやした黒いフン虫で、肉が大好きです。

ときどき、みんなで活動をふりかえる話しあいをします。

「奈良公園内にこんなにたくさんのフン虫がいるなんて、知らなかった」

「季節によって活動する種類がちがうのがおもしろいね」

「奈良公園が前より、もっと身近なものになった」

こんな意見が出ました。そして、昆虫《こんちゅう》同好会のメンバーの結びつきが、いっそう深くなっていったのです。

二十四時間、バケツいっぱい大作戦

高校一年の夏休みに、昆虫《こんちゅう》同好会でなにかおもしろい実験をやろうという話になりました。

圭一《けいいち》少年と石田《いしだ》君を中心に学者が書いた本を調べたりして、いろいろなアイデアが話しあわれました。

「一年間の季節の移《うつ》りかわり、いや、フン虫の移りかわりはよくわかったけどね……。一日の中ではどうなのかって、調べてみない？」

「えっ、どういうこと？」

「朝に活動するやつ、昼間に出てくるやつ、夜が好きなやつとか……」

「けーさんみたいに、朝が苦手なやつはぜったいにいると思う」

みんなの笑い声がひびきます。

「でも、朝、昼、夜って、どうやって一日じゅう、調べるの？」

「夏休みだから、奈良公園にテントをはって、二十四時間、観察してみようよ」

「合宿みたいだ！」

「合宿なら、先生の許可《きょか》がいるね」

ということで、顧問《こもん》の加藤《かとう》先生の許可を得《え》るために、圭一少年と石田君の二人が職員《しょくいん》室に行きました。

「キヨシが行くのがいいよ。まじめだから。先生に信頼《しんらい》されているし」

と、圭一少年がいいました。

石田君が職員室に入り、圭一少年は外で待っています。

石田君は先生に、どうしてこの実験が必要なのかを説明しました。

圭一少年は息を飲んで、職員室の中のようすを、開いているドアから見ています。

すると、石田君が両手で大きな丸をつくり、うまくいったというサインを送ってきました。

「やったーっ！」

これで二十四時間、奈良公園で観察してもいいことになり、準備《じゅんび》をはじめました。

まずはリストをつくり、メンバーが分担《ぶんたん》して次のようなものを用意しました。

・テント、寝袋《ねぶくろ》
・温度計、カメラ、懐中《かいちゅう》電灯
・観察ノート、筆記用具、フン虫の図鑑《ずかん》
・ビニール袋、スコップ、軍手
・フィルムケース、ピンセット

そのほかに弁当《べんとう》やおかし、水とうは各自でもっていきます。

観察当日の八月八日。観察は、次のように進めることにしました。

時間は、午前七時四十分から翌日《よくじつ》の午前七時四十分までの二十四時間。場所は、この時期にフン虫の種類が豊富《ほうふ》で、数が多く見られる低木の林です。

新鮮《しんせん》なシカのフンをバケツにいっぱい集め、サッカーボールを半分に切ったような大きさにして置きます。

フン虫は、フンのにおいをかぎつけてやってきます。フンを大きくかためたら、においが強くなり、より遠くへ発散して、多くのフン虫を集めることができると考えました。

フン虫にしてみれば、

「あっ、あそこにえさがあるぞ。行ってみよう」

と、なるわけです。

メンバーは、フンのかたまりから一メートルはなれたところに、二人が向かいあって座《すわ》ります。フン虫がやってくるとすぐにつかまえて、種類と来た時刻《じこく》、飛んできた、歩いてきたなどを観察ノートに記録します。

「あっ、来た来た！」

「ルリセンチコガネだね」

「八時三十一分、二匹《にひき》ゲット」

バケツいっぱい大作戦／右が圭一《けいいち》少年

「歩いてきたね」

「いや、フンのかたまりから一メートルくらいはなれたところまでは飛んできた。そこから歩いてきたんだよ」

「記入、オーケー」

というぐあいです。

このように昼間は交代しながら、二人でフンのかたまりを見張《みは》りつづけました。

フン虫の活動時間帯と温度の関係を調べるために、気温と地面の温度も測《はか》りました。

フンはだんだんかわいて、においが出なくなります。そのたびにほじくったり、水をふきかけたり、新しいフンを追加したりします。

「あっ、手についた。どうしよう……」

「早く洗《あら》ってこいよ」

なんてことは、しょっちゅうでした。

それに、フンを集めたり、かためたフンをほじくったりしていると、観光客がへんな目で見ていきます。

「あの子たち、いったいなにしてるのかな？」

という会話が耳に入ることもありました。

そんな中で計画どおりに実験を進めていき、夜になりました。夜は暗くて、ずっと観察していられません。みんなでテントに引きあげることにしました。

奈良公園にテントをはり、その中に食べ物や図鑑《ずかん》を置きました。テントはワンダーフォーゲル部の同級生から借りたものです。おしりが痛《いた》くならないように、寝袋《ねぶくろ》を広げ、ざぶとんがわりに使います。

そして十五分ごとに、小さい懐中《かいちゅう》電灯のなるべく弱い明かりをつけて、フンのかたまりまで行きます。集まっているフン虫を採集《さいしゅう》し、テントの中で種類を確認《かくにん》しました。

十五分のあいだにやってきたフン虫が、かたまりの中にもぐりこむかもしれません。そうすると、種類と数の記録が正確でなくなります。そこで、フンのかたまりに、目の細かいあみをかぶせて、もぐりこめなくしました。

また、フン虫の中には、光につられて集まる習性《しゅうせい》のものがいます。フンではなく、テントの光に引かれてくることも考えられるので、テントはフンから二十五メートルもはなしました。

夜中に、カサカサと音がしました。まっ暗な中に、緑に光るものがあります。圭一《けいいち》少年は、テントのすきまから外を見てみました。

「なんかいる！」

「なんかって、なに？」

「映画《えいが》で見たオオカミみたい……」

「オオカミがいるわけないよ」

「でも、光が二つ、するどく光ってる……」

ゆっくり懐中《かいちゅう》電灯を当ててみると、シカでした。

「ああ、こわかった」

シカはにげていきましたが、まっ暗な中で目だけが光っていて、ほんとうに不気味でした。

テントとフンのかたまりのあいだを、交代で何度も往復《おうふく》しているうちに、東の空がだんだんと明るくなってきました。

開始から、ちょうど二十四時間が過《す》ぎようとしています。時計の針《はり》は、七時三十九分をさしています。観察終了《しゅうりょう》の七時四十分の十秒前から、カウントダウンをはじめました。

「十、九、八、七……三、二、一」

「やったーっ！」

「終わった！」

みんなで、ハイタッチしました。

「おまえ、くさいぞ」

「おまえこそ」

みんなの服に、シカのフンのにおいがしみこんでいたことはいうまでもありません。こわい思いもしましたが、いい経験《けいけん》になりました。

今回の実験で、ルリセンチコガネは午前中に集まり、気温が上がるとエンマコガネのなかまが活発になり、夜はゴホンダイコクコガネたちが寄《よ》ってくることがわかりました。

二十四時間の温度変化と、フン虫の数や種類をグラフや表にして、小さな変化も読みとれるようにしました。

その研究結果をまとめ、秋の文化祭では、会場に「昆虫《こんちゅう》天国」という名前をつけて発表しました。活動の写真や「奈良公園のフン虫」という題名のレポートの展示《てんじ》は、とても評判《ひょうばん》がよいものでした。

それを知った加藤《かとう》先生のすすめで、レポートを日本学生科学賞《かがくしょう》に応募《おうぼ》しました。すると、「奈良県知事賞」を受賞したのです。

これにはみんな、びっくりしました。ねらっていなかったのに、最優秀賞《さいゆうしゅうしょう》だったからです。

授賞式《じゅしょうしき》には、加藤先生と七人のメンバー全員が出席しました。大きなトロフィーと賞状《しょうじょう》、一人ひとりにはメダルがわたされました。

圭一《けいいち》少年のお母さんは、

「一生けんめいにがんばったことが認《みと》められて、よかったね。くわしいことはよくわからないけど、小さな虫をずっと、みんなで研究していたことじたいがすごいね」

と、いってくれました。

圭一少年は、家族や友だち、手伝ってくれた人たちがよろこんでくれたことがとてもうれしくて、中学校から高校時代のいちばんの思い出となりました。

そのときのトロフィーは今も、奈良女子大学附属《ふぞく》高校に置いてあります。メダルはずっしりと重く、銀色にかがやいています。

フン虫の観察には、いろいろと苦労があります。その中でも次の三つが、いつもつきまといます。

その一、視線《しせん》。フンをほじくっているときに注がれる、まわりからの視線。ちょっとあやしそうな人だ、と思われてしまいます。

その二、におい。フンのくささとの戦いには、だんだん慣《な》れてはくるものの、たえがたいものがあります。

その三、孤独《こどく》。フン虫好きは、まわりの人たちから、なかなか理解《りかい》してもらえません。でも、昆虫《こんちゅう》同好会で活動しているときは一人ではなかったから、なかまがいるってうれしいなあと、圭一《けいいち》少年は感じていたのです。

第五章　分かれ道

インターハイに挑戦《ちょうせん》

圭一《けいいち》少年は高校三年生になりました。昆虫《こんちゅう》同好会には下級生が入ってきて、彼《かれ》らが中心になって活動をするようになりました。

圭一少年と石田《いしだ》君は、ワンダーフォーゲル部の活動にも力を入れていました。残り少ない高校生活をエンジョイしようと、高校三年生になっても続けていました。

ワンダーフォーゲル部／北アルプスの槍ヶ岳《やりがたけ》に登りました

「ファイト！」

「イチ、ニー。イチ、ニー」

放課後のグラウンドでは、サッカー部の部員たちが大きな声を出して走っています。いっぽう圭一《けいいち》少年たちは、体力をつけるために、砂《すな》をつめて重くしたリュックを背負《せお》い、三階建ての校舎《こうしゃ》の階段《かいだん》でもくもくと上がり下がりをくりかえします。

ワンダーフォーゲルでは、四人でチームを組み、ほかの学校とタイムを競いながら、二十キロほどの重い荷物を背負って山登りをする登山競技《きょうぎ》があります。

圭一少年と石田《いしだ》君はチームを組み、この競技での奈良県大会優勝《ゆうしょう》を、本気でねらっていました。

高校三年生になると、クラブ活動をはなれる生徒が多い中、圭一少年たちは夏までやっていたので、より多くの経験《けいけん》があり、がんばれば優勝できる気がしていました。

奈良県大会で優勝すれば、全国大会のインターハイに出られます。

登山競技は、山を登る体力だけでは優勝できません。天気図をかいたり、山の名前や地形などを問われる地理の問題を解《と》いたりするテストもあるから、知識《ちしき》が必要です。また、素早《すばや》くきれいにテントをはったり、おいしい料理をつくったりする技術《ぎじゅつ》も必要なのです。

学校の昼休みに、クラスメートはおしゃべりしながら教室で、パンや弁当《べんとう》を食べています。でも圭一少年たちは、すぐさま校庭に出てテントをはり、米を炊《た》きながら、肉と野菜を切ってカレーをつくります。そして食べおわると、急いでテントをたたんで午後の授業《じゅぎょう》に出る、といった練習をしました。

圭一少年は体力には自信があっても、天気図をかくのは苦手でした。石田君やほかのメンバーから特訓を受けて、試合にのぞみました。

奈良県大会の当日。近鉄《きんてつ》大阪線の赤目口駅《あかめぐちえき》に、九時に集合しました。二泊《にはく》三日の競技です。

「みんな、がんばろうぜ！」

「きょうは、けーさん、遅刻《ちこく》しなかったね」

一日目は、わりとおだやかなコースで、二十キロの荷物もあまり重く感じませんでした。

無事にその日の目的地に到着《とうちゃく》し、ほっとしました。

夜にテントをはるときも、採点《さいてん》されます。制限《せいげん》時間内に、きれいにはれました。

食事をつくるときも、採点されます。メニューはカレーでした。ご飯は、登山用の小型《こがた》コンロの上にアルミ鍋《なべ》を乗せて炊《た》きました。採点者がご飯を、ひと口食べます。

「うん、芯《しん》がなく炊けている」

カレーの野菜を食べて、

「うん、よく煮《に》えている」

というぐあいに審査《しんさ》していきます。

テントはりもカレーづくりも、学校で練習を重ねてきたので、問題なくできました。

ペーパーテストは、近くのロッジでおこなわれました。

「日本の三千メートル以上の山の名前を書きなさい」、「浮石《うきいし》とはなんですか？」などの問題が出ました。

浮石とは、大雨や雪解《ゆきど》けなどで不安定な状態《じょうたい》になり、くずれやすくなった岩や石のことです。

天気図をかく作業は、ラジオで放送される「気象通報《きしょうつうほう》」を聞きとって、天気、気温、気圧《きあつ》、風向、風速などの情報《じょうほう》をもとに進めます。

圭一《けいいち》少年は、問題はむずかしかったけれど、それなりにできたと思いました。

二日目になりました。この日は、下り道からコースがはじまり、後半が登り道です。

じつは、前の夜にテントの中で、作戦を立てていました。

「ぜったいに後半の登りでばてるから、前半の下りはゆっくり行って、体力を使わないようにしよう」

競技《きょうぎ》では、審査員が立っているチェックポイントを、決められた時間内に通らないといけません。ほかのチームの多くが、後半、時間内に通過《つうか》できなくて、失格《しっかく》となりました。

「やったね」

「作戦、成功！」

圭一《けいいち》少年たちのチームは一位でゴールしました。

三日目は峠《とうげ》をこえて、ゴールの室生口大野駅《むろうぐちおおのえき》をめざします。この日も体力の配分をよく考えて、最初から飛ばすようなことはけっしてせず、しんちょうにレース展開《てんかい》を考えてのぞみました。

チェックポイントでは、リュックサックに二十キロの重量があるかが計量されます。測《はか》っているあいだ、みんなはつかれて、立ちあがれないほどでした。でも、考えてのぞみました。

「もう少しだ！」

と、圭一少年が声をかけて、がんばりました。

三日目も、一位でゴールしました。

「これはもう、優勝《ゆうしょう》まちがいないね」

「二位との差も、そうとうあったしね」

そう確信《かくしん》しながら、

「あしたから、インターハイに向けて練習！」

と、すでに勝利に酔《よ》いしれていました。みんな、結果発表の時間が待ちきれません。

ようやく、審査員《しんさいん》による順位の発表がありました。合計タイムに、ペーパーテストの点数がくわえられて、総合《そうごう》順位が決まります。

なんと、圭一少年たちのチームは、総合得点《とくてん》で二位でした。

二日目も、三日目もトップでゴールしたのに……。ペーパーテストの点数がよほど低かったのでしょう。

ずっとトップだと信じていたので、二位という結果が信じられませんでした。がっくりして、しばらくはだれも、なにもいわず、ただ立ちつくしていました。

（ああ、これまで、みんなであんなにがんばったのに。どうしよう、ぼくのせいで……）

ところが、おどろくべきことが起こりました。「今年は、奈良県から二位までのチームがインターハイに出場できる」と、発表があったのです。

インターハイに行けるんだったら、大学の入学試験に合格《ごうかく》しなくてもいいという覚《かく》悟《ご》で、みんなが力を合わせてがんばったかいがありました。

こうして圭一《けいいち》少年は、奈良県代表としてインターハイに出場しました。高校生最後のよい思い出となり、その後の人生の自信につながりました。

北の大地へ

圭一少年と石田《いしだ》君は中学校と高校のあいだ、ほとんどの時間をいっしょに過《す》ごしてきました。

兵庫県六甲山《ろっこうさん》の牧場にフン虫を探《さが》しに行ったり、三重県や和歌山県の海に、魚や海辺の生き物をとりに行ったりもしました。

圭一少年と石田君は、生き物と自然が大好きという共通点はあります。でも、性格《せいかく》は正反対でした。

圭一少年は陽気なスポーツマンタイプで、石田君はまじめな学者タイプです。

それに圭一少年は、虫を集めることに興味《きょうみ》がありましたが、石田君はそうではありませんでした。めずらしい虫は集めます。でも、どちらかというと、進化に関心がありました。

また、動植物がおたがいに、どのように影響《えいきょう》し合っているのか、ということにも興味があって、将来《しょうらい》そのような研究をしてみたいと思っていました。

大学受験が近づいてきたある日。圭一少年は、石田君に聞きました。

「キヨシ。大学はどこにするの？」

「ぼくは北海道大学に行きたいんだ」

「えっ？　どうして？」

「北海道の大自然が好きだから」

「へえーっ」

びっくりする圭一《けいいち》少年に向かって、石田《いしだ》君はさらに続けます。

「小学生のときに、『ムツゴロウの無人島記』っていう本を読んでね。北海道の無人島で、作者の畑正憲《はたまさのり》と動物たちが生活する話で、すごくおもしろかったんだ」

「ふーん」

「けーさんは大学、どこ受けるの？」

「ぼくは、まだはっきり決めてない……」

というわけで、石田君は北海道大学に合格《ごうかく》して、北の大地に旅立って行きました。

現在《げんざい》、弘前《ひろさき》大学農学生命科学部生物学科の准教授《じゅんきょうじゅ》です。専門《せんもん》分野は森林生態学《せいたいがく》といって、「森林とそこで生きている生物が、どのように影響《えいきょう》し合っているのかを考える学問」です。

大学生になって

いっぽうの中村《なかむら》さんは、一九八五年に京都大学農学部に合格し、農林経済《けいざい》学科に入りました。

たしかにフン虫は好きでも、フン虫のことを大学で研究しようとは思いませんでした。人間と生き物のかかわりについて勉強したいと考えて、農学部を選びました。おもに、人間の食料としての生物の研究をしました。

奈良から京都までは一時間ぐらいで、通えなくもありません。でも、京都に引っこしました。

「じゃあ、行ってきます！」

「体には気をつけてね。近いんだから、ときどき帰ってきてね」

お母さんが見送ってくれました。

京都での新しい生活がはじまりました。

「京都はいいなあ。奈良と同じで昔の都だから、なんだか落ちつく。でも、奈良より都会で、おもしろそう！」

中村《なかむら》さんは、すぐに京都が好きになりました。

大学では、ラグビー部に入りました。男らしくてかっこいいと思って、昔からあこがれていたからです。でも、身体が小さい中村さんは、毎日はねとばされて、頭を打ったり骨《ほね》を折ったり……。きびしい練習についていけず、体力の限界《げんかい》を感じて、二年生のときに退部《たいぶ》しました。

クラブ活動やアルバイト、旅行でいそがしくしているうちに、大学生活はあっというまに過《す》ぎていき、そろそろ卒業論文《ろんぶん》を書かなければという時期になりました。

大学を卒業するときには、自分でテーマを決め、勉強したり、研究したりしたことを書いて論文にします。

中村さんの卒業論文のタイトルは、「有機農業の流通に関する一考察」というものでした。なんだか、むずかしそうですね。

農家の人たちが化学肥料《ひりょう》や農薬を使わないで育てた安全な作物が、ふつうの市場ではあまり売れません。なぜかというと、値段《ねだん》が高かったり、形が悪かったりして、人気がないからです。それを、どうしたらみんなが買ってくれるようになるのだろう……。

すぐに結論が出る話ではありません。中村さんは、人間も虫も、植物も、自然の中で生きている生き物だから、みんなが安心できる方法を考え、いろいろなアイデアを出して、熱意がこもった論文に仕上げました。

そのころには、大学を卒業したらどういう道に進むかも考えなければなりません。

中村さんは、目に見えるような形で、世界の自然環境《かんきょう》を守ることができるような仕事につきたいなと考えていました。

中村さんは、大学では虫のことは勉強しませんでした。フン虫の研究者になろうとも思いませんでした。フン虫は、勉強や仕事とはべつの、自分の楽しみに取っておきたいと考えていたからです。

外国旅行

大学に通った四年のあいだには、夏休みや春休みを利用して、リュックサックを背負《せお》い、少ない予算で、中国、アメリカ、メキシコ、カナダ、インドなどを、一人で旅行しました。

勉強はあまり得意《とくい》ではなかったけれど、自由に旅するために必要な英語と中国語は、がんばって身につけました。旅行の費用《ひよう》は、家庭教師《きょうし》のアルバイトでかせぎました。

旅行中には、いろいろなことがありました。

そのころの中国では、外国人が自由に、地方都市などを歩くことはできませんでした。ところが、中村《なかむら》さんが旅行をする直前に法律《ほうりつ》がかわり、許《ゆる》されるようになったのです。

中国旅行／およそ１か月かけてまわりました

それでも地方では、まだまだ外国人がめずらしく、中村さんはどこへ行っても人に囲《かこ》まれました。まるで、スターになったような気分です。中国語は少ししか話せなくても、漢字を書けばだいたいのことは通じます。筆談をはじめると、またたくまに人だかりができました。

中国の人たちが、当時の日本の大スターのことや、カラーテレビなど電気製品《せいひん》の値段《ねだん》などを知っていて、中村《なかむら》さんがおどろくこともたくさんありました。

料理の注文では、こんな失敗もしました。

ある日、水餃子《すいぎょうざ》が食べたくて、メニューをさしながら片言《かたこと》の中国語で、「一」といいました。身ぶり手ぶりもあったほうがいいと思い、人さし指を一本立てて、注文しました。「一人前」とか、「一皿」を意味したつもりでした。お店の人も「一ですね」と確認《かくにん》するようなしぐさだったので、わかってもらえたと思って待っていました。

すると、洗面器《せんめんき》ぐらいの大きな容器《ようき》に、山盛《やまも》りの水餃子が出てきました。中国では水餃子を、皮に使う小麦粉《こむぎこ》の重さで注文するのです。「一」は「一斤《いっきん》」のことで、およそ五百グラムの小麦粉です。

二百個《こ》くらいの水餃子には、中村さんもおどろきました。

いろいろな旅行の中で、いちばん印象《いんしょう》に残っているのはインドです。インドでは、人と車、バイクと牛で道があふれかえっていました。日本では当たり前の交通ルールや常識《じょうしき》が通用しません。いや、そもそもルールがないからこうなるのか……と、中村さんはここでもおどろきました。

ヒンドゥー教《きょう》の聖地《せいち》を流れる母なる川、ガンジス川を見たときもびっくりしました。ガンジス川につかって体を清めている人がいるすぐ横に、洗たくをしている人がいたり、下水が流れこんでいたり……。日本とはちがう文化に、ショックを受けました。

砂漠《さばく》を二泊《にはく》三日で旅する、現地人《げんちじん》向けのツアーにも参加しました。そのときは、ほかに参加者はなく、中村さん一人だけでした。

ラクダに乗って、ひたすら砂漠を旅します。たまに水場で人に会うだけで、どこを歩いているかもわかりません。ことばもほとんど通じません。

不安がつのってくると、どうしても悪いことを想像《そうぞう》してしまいます。じつは、ガイドの彼《かれ》は、ほんとうはどろぼうなのではないか。どこか遠くに連れていかれて殺《ころ》され、お金を取られるのではないかと思いはじめました。

どうしよう。なんとかしてにげださなければ、殺されてしまう。そう思ったときです。ガイドが、リュックからナイフを取りだしました。

ああ、やっぱり……。もう、だめだ……。どうしたらいいんだろう。こっちへにげようかな、あっちへにげようかな……。

するとガイドは、ハムを取りだして、切りはじめました。

なーんだ。食事の用意か……、なんてことがありました。

殺《ころ》されて、砂《すな》にうめられたら、ぜったいに発見されないなと想像《そうぞう》してしまうほど、どこまでも続く砂漠《さばく》を旅していたのです。

そして、インドから日本に帰る日の朝。中村《なかむら》さんはねぼうをして、なんと、飛行機に乗りおくれてしまいました。中村さんは中学生や高校生のころから、遅刻《ちこく》の常習犯《じょうしゅうはん》でした。

そのあとの日本行きの飛行機は、どれも満席。一週間ほど乗ることができなくて、けっきょく、大学の卒業式に出席できませんでした。学生時代最後の大失敗です。

たくさんの経験《けいけん》をした旅行中、どこに行ってももちろん、フン虫を探《さが》すことは忘《わす》れませんでした。

第二次フン虫ブーム

大学を卒業した中村さんは、農林中央金庫に就職《しゅうしょく》しました。農林中央金庫は、農家や漁師《りょうし》などにお金を貸《か》す銀行のようなところです。環境《かんきょう》にやさしい取り組みへの支援《しえん》もしているので、自然を守ることにつながります。

中村さんは、米の売買をする会社と仕事をしたときに、梅雨《つゆ》に雨がふらないと水が足りなくなって、米をつくる農家の損害《そんがい》が想像以上に大きいことを知りました。

また、漁業に関する仕事をしたときには、海水の温度が上がるとえさになる生き物がいなくなり、本来いた魚もいなくなることを知りました。それで、海水温の勉強もしました。

自然と人のくらしが密接《みっせつ》に関係していることを、実際《じっさい》の職場で何度も経験した中村さんは、自然環境がかわってきていると痛感《つうかん》しました。人間の影響《えいきょう》で、自然が変化してきているといわれています。

「このままでは、いけないんじゃないか。この変化を止めるためには、どうすればいいんだろう？」

と、自分に問いかけるようになりました。

中村《なかむら》さんの頭には、自然のしくみをもっとよく知りたいという思いがつねにありました。

二十六歳《さい》のときに、学校の先生をしている由美《ゆみ》さんと結婚《けっこん》しました。由美さんは中学校と高校の一年後輩《こうはい》で、卓球部《たっきゅうぶ》とワンダーフォーゲル部でいっしょでした。

中村さんは転勤《てんきん》が多く、国内では長崎からはじまり、東京、名古屋、仙台《せんだい》で、海外では台湾《たいわん》とペキン（北京）で仕事をしました。

そのあいだに家族がふえ、中村さんは三人の娘《むすめ》のお父さんになりました。

中村さんが東京で仕事をしているときに、虫を売っている店があることを知りました。そこでは、めずらしい外国のフン虫も売っていました。

「これもフン虫なのか。きれい！　こんなフン虫、見たことない。まるで宝石《ほうせき》だ！」

「フン虫、お好きですか？」

と、店の人がたずねました。

「はい。すごく！」

「どうぞ、ゆっくり見ていってくださいね」

このときの気持ちは、中学生のときに初めて奈良公園でフン虫を見たときと同じぐらいでした。うれしくてしかたありません。

中村さんはわくわくして、しばらく、その場からはなれることができませんでした。

いうならば、中村さんの人生の中で中学校、高校時代が第一次フン虫ブーム。そして、このころが第二次フン虫ブームです。

日本ではなかなか手に入らないフン虫が売られていると、お金をためては買いました。世界のフン虫をだんだん買いそろえ、コレクションをふやしていきました。

そのいっぽうで、自分でフン虫をつかまえる機会も多くありました。出張《しゅっちょう》や旅行で海外に行くと、かならずフン虫を探《さが》しました。

カンボジアに行き、アンコールワットという世界遺産《いさん》を訪《おとず》れたときも、下ばかり見ていました。

すると、三人の娘《むすめ》が口ぐちに文句《もんく》をいいます。

「こんなところに来てまで、フン虫を探さなくてもいいでしょ。パパっ」

「そうよ。ここは世界遺産よ。パパっ」

「もっと、ちゃんと建物を見てよ。パパっ」

ところが、中村《なかむら》さんも負けていません。

「いや。せっかく、こんなところまで来たんだから、フン虫を見つけたいんだよ」

このように、結婚《けっこん》してからも、子どもができてからも、中村さんのフン虫採集《さいしゅう》は続きました。

外国でとった昆虫《こんちゅう》を、生きたまま日本にもちかえるには、手続きがいります。しかし、死んでいる昆虫には必要ありません。中村さんは、フン虫は標本にして日本にもちかえりました。

フン虫採集道具のピンセットとフィルムケースを、いつでも、どこに行くときでも、ポケットに入れていました。中村さんにとっては、さいふと同じぐらい大事なものです。今でも、かならずもって出かけます。

第六章

フン虫へのかわらない情《じょう》熱《ねつ》

なぜフン虫の博物館を開こうと思ったのか

二〇一四年一月。中村《なかむら》さんは、五十歳《さい》の誕生日《たんじょうび》をむかえました。

三人の娘《むすめ》は、二十二歳、二十歳、十八歳となり、子育てもいち段落《だんらく》しました。

中村さんは、しみじみとした口調でいいました。

「もう、五十歳か……」

そして、ゆっくりとひと呼吸《こきゅう》おいて、またいいました。

「いや。まだ、五十歳だ！」

これまで毎日、いそがしく仕事をしていました。でも五年ぐらい前から、少しず

つ、もう少し先の自分の将来《しょうらい》のことを考えるようになっていました。

「好きなフン虫で、なにかできることはないかな……。こんなにきれいなんだし」

宝石《ほうせき》のようにきれいなフン虫のことを考えると、いつもわくわくした気持ちになります。

「せっかく、こんなにたくさんフン虫の標本があるんだから、みんなに見てもらえるような博物館がつくれないかな」

そのころ標本の数は、奈良の家に置いてあるものと東京で買ったものを合わせると、全部で五百ぐらいになっていました。

中村さんは東京に、一人で住んでいました。仕事の都合で、奈良にいる家族とはなれてくらしていたので、自分も奈良にもどりたいなと思いました。中村さんが育った家があるし、友だちもいっぱいいます。

「奈良に、フン虫の博物館をつくりたいなあ」

奈良市内には、昆虫《こんちゅう》など、自然科学に関する博物館がありません。生き物好きの中村《なかむら》さんは、昔からそのことを残念に思っていました。

「奈良市に昆虫《こんちゅう》の博物館があったら、どんなにいいだろう。昆虫好きの少年少女がふえるかも。よし、自分がつくろう。まずはフン虫の博物館をつくり、それから昆虫の博物館を……。いや、最初から昆虫の博物館がいいかな。そこを中心に、フン虫観察ツアーができたらおもしろいぞ」

そんなことを考えはじめました。

中学二年生でフン虫に出会って以来、ずっと、フン虫に夢中《むちゅう》でした。働くようになって海外に転勤《てんきん》しても、家族と海外旅行をしても、フン虫を探《さが》しつづけました。フン虫を売っているお店でめずらしいフン虫を見つけては、買いあつめました。そんなことが、なつかしく思いだされました。

中村さんは、夢《ゆめ》のかけらを見つけたような気がしました。

「これは、自分の人生をかけて、ぜったいにやりとげよう。どんなことがあっても、あきらめないでがんばろう」

中村さんは、そう心に決めました。

フン虫の博物館の話を仕事のなかまにすると、

「だれがお金をはらって、フンを見に来るの？　だれも来ないよ」

と笑われました。

「フンじゃない！　フン虫だよ」

といっても、

「同じようなもんだ」

と、ばかにされました。

でも由美《ゆみ》さんだけは、中学校や高校時代からフン虫に夢中だった中村さんのことをよく知っているので、けっして反対しませんでした。

中村さんはまずは、会社をやめることを決心しました。ところが、給料が入ってこなくなるから、生活に困《こま》ります。

そこで、一人でできる仕事はなにかと考え、「中小企業診断士《きぎょうしんだんし》」という国家資格《しかく》を取って、経営《けいえい》コンサルタントになりました。会社の経営で悩《なや》んでいる人にアドバイスする仕事です。

二〇一五年十二月には、「むしむしブログ」というブログをはじめました。自分の決心がかわらないようにするためです。

ブログの第一声は、「奈良市昆虫糞虫館《こんちゅうふんちゅうかん》、つくるぞ～」です。はっきりとことばにして、博物館をつくると発表することで、もう元にはもどれないようにしたのです。

「夢《ゆめ》をあきらめないぞ！」

と、自分自身にいいきかせました。

ブログはまた、虫好きのなかまと交流するためでもありました。

このころになっても、まだ、どんな博物館にするのかを、はっきり決めていませんでした。フン虫だけにするか、いろいろな昆虫の標本も置くか、どうしようかと考えていました。

ブログには、日本各地のフン虫好きの人から、メッセージが来るようになりました。

その中には、高校生や中学生もいました。自分が採集《さいしゅう》した、めずらしいフン虫を展示《てんじ》してください、という声もありました。

中村《なかむら》さんは、全国にはフン虫を好きな人がこんなにもいるのかと、おどろきました。

そして、二〇一六年。中村さんは、五十二歳《さい》のときに会社をやめました。

奈良に帰るときは、それまで集めたフン虫の標本もいっしょです。

引っこしの業者の人が、下見に来ました。

「この箱はなんですか？」

「昆虫の標本です」

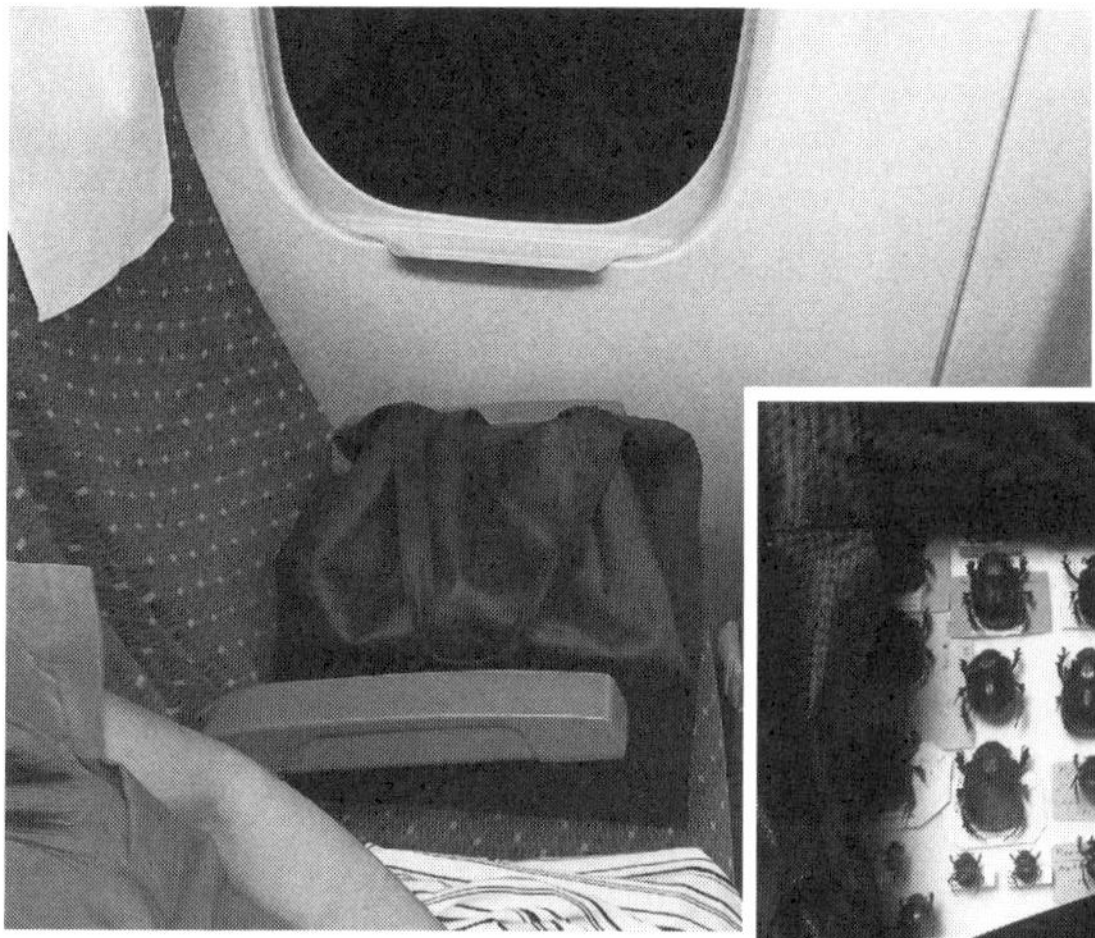

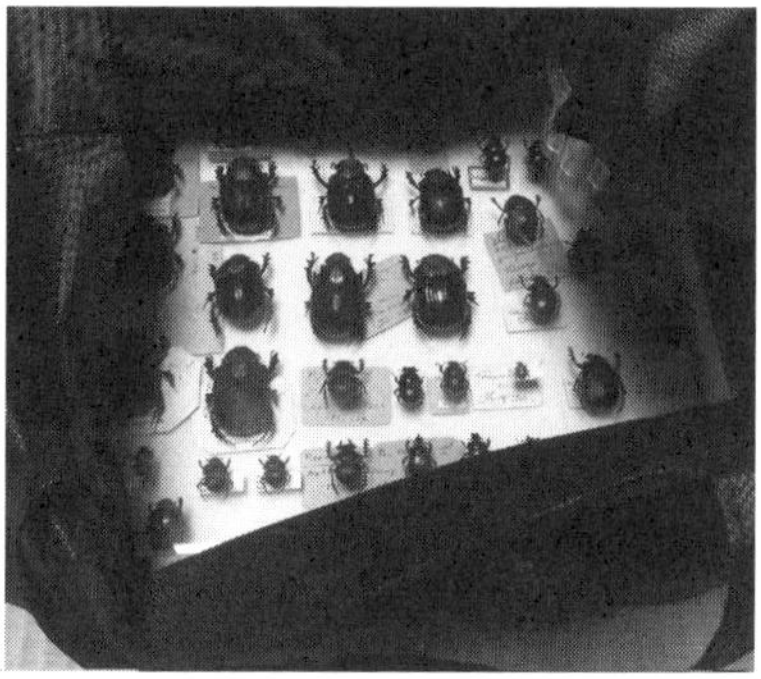

標本の引っこし／かばんの中に大切にしまって運びました

「りっぱですね」

「はい。めずらしいものがいっぱいあります。注意して運んでくださいね」

「うーん。トラックで運ぶとゆれて、細い足が取れたりするかもしれません。いいですか？」

「いや、それは困《こま》ります」

「じゃあ、引っこし荷物では運べません」

「えっ、そうなんですか。わかりました」

そういうわけで、自分で運ぶことにしました。中村《なかむら》さんの分だけでいい新幹線《しんかんせん》のきっぷを、標本箱のためにもう一枚《いちまい》買って、となりの席に置きました。

その日は夏の暑い日で、新幹線の窓《まど》からは青空と入道雲が見えます。標本箱といっしょに移動《いどう》しながら、いよいよ第二の人生がスタートするんだなあと、すがすがしい気持ちで車窓《しゃそう》から見上げました。

仕事をやめて奈良に帰ってきたのだから、もうやるしかありません。

だんだんと、博物館のことが現実《げんじつ》になってきました。

「毎日、博物館を開いていたら、一人ではやっていけないかもしれない。そもそも、そんなにもうかる仕事じゃないからな。どうしたらいいんだろう」

いろいろ考えたすえ、月曜日から金曜日までは、資格《しかく》を生かして経営《けいえい》コンサルタントとして働き、博物館は土曜日と日曜日だけ開くことにしました。

時間は、午後一時から六時までとしました。午前中は、奈良公園にフン虫を探《さが》しに行きたいからです。

フン虫はそうじ屋さん

中村《なかむら》さんは、フン虫の美しさとともに、もうひとつ、どうしても伝えたいことがあります。それは、フン虫の働きのすばらしさです。

動物がフンをし、フン虫が食べて、分解《ぶんかい》します。それが土の栄養となり、植物が育ち、また動物がその植物を食べるというふうに、ぐるぐる回って、自然がうまく保《たも》たれています。

奈良公園を例にすると、シカがしたフンをルリセンチコガネなどのフン虫が食べて、分解します。それが肥料《ひりょう》となり、奈良公園のしばや草が育ちます。それをまたシカが食べるのです。奈良公園では、シカのフンそうじをしなくていいし、しば刈《か》りや草取りも必要ありません。

いってみれば、フン虫は公園のそうじ屋さんです。自然にはむだがありません。

中村さんは、そのことを知らせたいと思っていました。

こんな話があります。

昔、ヨーロッパからたくさんの人がオーストラリアに移住《いじゅう》しました。もともと、オーストラリアにはウシがいませんでした。そこでウシを連れてきて、広い土地で育て、牛肉を世界に輸出《ゆしゅつ》したのです。最初はうまくいきました。

ところが、問題が起きたのです。ウシのフンは大きく、べちょべちょしています。カンガルーやコアラなどオーストラリアにもともといる動物の、ころころしたフンとはぜんぜんちがうのです。だから、オーストラリアのフン虫は、ウシのフンをほとんど食べませんでした。

中村少年が昆虫《こんちゅう》同好会のなかまと、奈良公園でフン虫によって食べる好みがちがうことを調べた実験がありました。ウシのフンを好むフン虫、ラクダのフンを好むフン虫、ゾウのフンを好むフン虫、なんでも好ききらいなく食べるフン虫……、などがいるのです。

さて、しばらくするとオーストラリアの牧場は、ウシのフンだらけになり、ハエが大発生しました。

もともと、そこにいなかった生き物を、なんらかの理由で連れてくることを移入《いにゅう》といいます。もとからすんでいる生き物に悪い影響《えいきょう》をあたえたりすることも多いので、しんちょうにやらなくてはなりません。

ふえつづけるウシのフンに困《こま》ったオーストラリア政府《せいふ》は、ヨーロッパやアフリカにすむフン虫をくわしく研究して、移入する決定を下しました。

さいわい、オーストラリアに連れてこられたフン虫は、期待どおりにウシのフンを食べてくれました。ハエの大発生もなくなりました。

フン虫が、地球をきれいにするのに、とても役に立っている虫だとわかります。今もどこかで、いろいろなフン虫が、地球をそうじしてくれています。中村《なかむら》さんは、この「小さなフン虫の大きな活動」を伝えたいのです。

第七章 ならまち糞《ふん》虫《ちゅう》館《かん》、ついにオープン

はらはら、どきどき

二〇一六年七月に奈良へ帰って来た中村《なかむら》さんは、二年後の二〇一八年七月八日に博物館を開こうと決めました。

「日を決めないと、いつまでたってもできないような気がするから……」

と、由美《ゆみ》さんに話しました。

「七月にオープンして、夏休みに子どもたちがたくさん来てくれるといいね」

と、由美さんもうれしそうです。

まず、建物を探《さが》さなければなりません。それに、費用《ひよう》を低くおさえることも大切

です。

奈良県や奈良市、銀行には、新しく仕事をはじめる人に、足りないぶんを補《おぎな》うお金を出してくれるしくみがあります。補助金《ほじょきん》といって、県民や市民の役に立ったり、奈良の魅力《みりょく》を高めたりするような内容《ないよう》が対象《たいしょう》です。

そのようなしくみを利用できないかと考えた中村《なかむら》さんは、博物館設立《せつりつ》の計画書を役所や銀行に送りました。

しかし、なかなかうまくいかず、採用《さいよう》されませんでした。中には、最終選考まで残ったのに、残念ながら落選してしまったこともありました。

落ちこむ日が続きました。

そんな中で中村さんは、二〇一七年七月十八日から二十一日までの四日間、奈良市役所のロビーで、「奈良の糞虫《ふんちゅう》・世界の糞虫展《てん》」を開く機会を得《え》ました。

中村さんのもっているフン虫の標本や写真などを展示《てんじ》するのです。

はたして、見に来てくれる人がいるでしょうか。

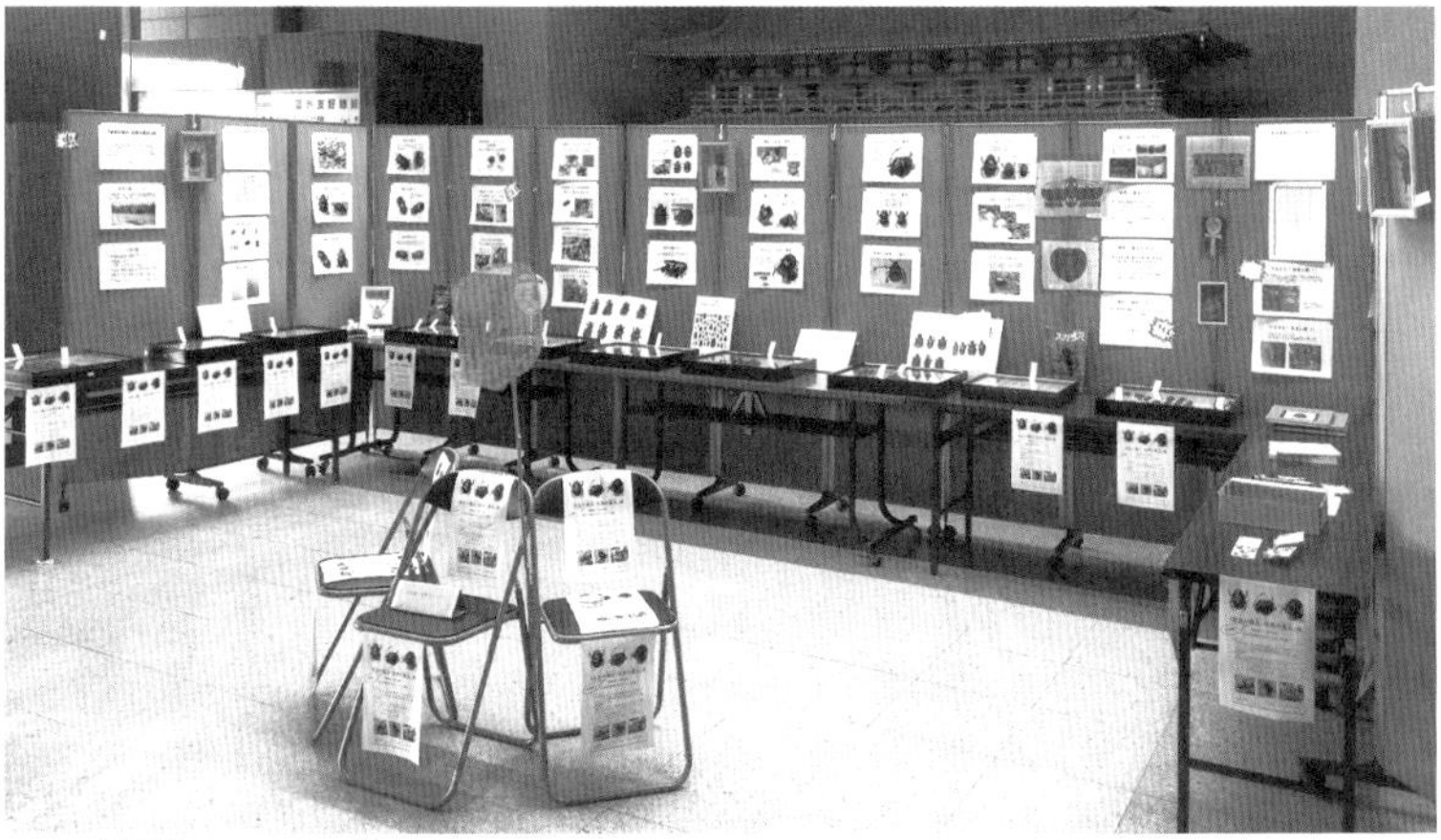

奈良の糞虫《ふんちゅう》・世界の糞虫展《てん》／“フン虫、人気あるぞ”とわかったイベントです

　ところが中村さんの心配をよそに、四日間で、延《の》べ三百人の来場者を集めました。市役所の担当《たんとう》職員《しょくいん》が、

「すごい人でしたね」

と、おどろいたほどです。

「こんなにたくさんの人が興味《きょうみ》をもって、見に来てくれるんだから、フン虫の博物館もきっとだいじょうぶね」

と由美《ゆみ》さんがいいました。

　中村さんは、

「うん。きっとうまくいく」

と、自信を取りもどしたのでした。

　由美さんといっしょに、博物館にふさわしい建物はないかと、奈良市内を歩きまわりました。中村《なかむら》さんは、フン虫がたくさん生息している奈良公園のなるべく近くにつくろう、と考えていたのです。でも、なかなか、ちょうどいい建物は見つかりません。

高校時代からずっと、虫好きの中村さんのことを見てきたので、中村さんの夢《ゆめ》はいつしか由美《ゆみ》さんの夢にもなっていました。

ある日、「ならまち」とよばれる地域《ちいき》に行きました。ここには小さなお寺や神社があり、細い路地が入りくんでいます。古い町並《まちな》みが残り、昔ながらの瓦屋根《かわらやね》で木造《もくぞう》の家がたくさんあります。

そのうちの一軒《いっけん》の空き家を見に行ったときのことです。

中村さんがいいました。

「ここ、いいと思わない？」

「そうね。奈良公園からも近いしね……」

由美さんはうなずきました。

「ここにつくったら、きっと、奈良の新名所になるような気がする」

「うん、そうね」

ということで、やっと場所が決まりました。

古い空き家を利用する場合、改修費用《かいしゅうひよう》の一部を奈良市が出してくれる「空き家活用モデル事業支援制度《しえんせいど》」というしくみがあります。

中村さんは、そのしくみを利用しようと考えました。そこで、博物館の計画をくわしく書いて、市役所にもっていきました。

でも、ほかに何人も、このしくみを利用しようとする人がいたので、競争になりました。

計画がほんとうに実現《じつげん》できるのか、奈良の市民にとって役立つものなのか、奈良らしい特徴《とくちょう》がある内容《ないよう》なのか、といったことが審査《しんさ》されます。

中村さんはいろんな人に相談して、ていねいに計画書をつくったので、書類の審査は無事に通りました。

問題は、次の面接審査《めんせつしんさ》です。じつは、中村《なかむら》さんは緊張《きんちょう》すると、うまくしゃべれなくなってしまいます。いくらよい計画をつくっても、本人が審査員の前でうまく説明できないといけません。

「また、だめかもしれない……」

面接の日が近づくにつれて、中村さんはどんどん不安になってきました。せっかくいい場所を見つけたのに、むだになってしまいます。

すると、由美《ゆみ》さんがいいました。

「なにを聞かれるか、予想してあげる。答えをあらかじめ考えておけば、あわてなくていいんじゃない？」

由美さんは学校の先生なので、質問《しつもん》されたり、答えたりすることには慣《な》れています。

由美さんはわざといじわるな質問をして、中村さんを困《こま》らせたりもしました。でも、きびしい審査を通るためには必要なことです。

準備《じゅんび》をしっかりとしておいたおかげで、面接ではすらすらと答えることができました。もちろん、ほかの人たちも同じように、がんばって準備してきているはずです。結果が出るまでは落ちつかず、なにも手につきません。

一か月後、市役所から郵便物《ゆうびんぶつ》が届《とど》きました。はさみで開けようとすると、手ががたがたとふるえ、なかなかうまくいきません。

（落ちついて……）と、自分で自分にいいきかせました。

おそるおそる開けると、紙が一枚《いちまい》入っています。《補助金《ほじょきん》交付の決定》と書かれていました。

「やったーっ！」

中村さんは飛びあがって、よろこびました。

必要なお金の一部を、市から出してもらえることになったのです。こうして二人は、博物館開館に向けて動きだしました。由美さんと二人三脚《ににんさんきゃく》でふみだした、大きな一歩です。

決めた空き家は古い民家なので、そのまま使うことはできません。たたみをフローリングにかえ、かべを取りはずして、大きな展示《てんじ》スペースにしようと、中村《なかむら》さんは考えました。

ところが、だれも住んでいないまま、長いあいだ、放置されていた空き家です。修理《しゅうり》工事をはじめると、家の傷《いた》みぐあいが思ったよりひどく、家の床下《ゆかした》や柱がシロアリにやられていることもわかりました。

「うわー、これはひどい」

建設《けんせつ》業者もお手上げです。工事は一時、中断《ちゅうだん》しました。

「どうしましょうか、中村さん」

と、業者の人に聞かれました。

「どうするっていわれても……。ここでやめるわけにはいかないから……」

「でも、最初の予算ではできませんよ」

「わかりました。費用《ひよう》はなんとかします」

やるしかないと決めました。床をはがし、一からやりなおす大工事となりました。中村さんは、銀行からお金を借りたり、退職金《たいしょくきん》をつぎこんだりして、費用を用意しました。

たくさんの人に助けられて

そのころ、高校の同窓会《どうそうかい》がありました。その席で中村さんは、博物館の計画を同級生に話しました。

そして、みんなにひとつ、質問《しつもん》をしました。

「博物館は、昆虫《こんちゅう》とフン虫を展示する『昆虫館』にするのがいいかな？　それとも、フン虫だけを展示する『フン虫館』にするのがいいかな？」

空き家の改造《かいぞう》／開館の日に向けて工事が進みます

フン虫だけのフン虫館のほうがめずらしくていい、という意見が多くて、中村《なかむら》さんはそうすることにしました。「ならまち糞虫館《ふんちゅうかん》」という名前は、このときに決まったのです。

博物館の内装《ないそう》は、高校時代の同級生で、デザインの仕事をやっている人が引きうけてくれました。

かべは白一色で、おしゃれな感じにしました。虫に興味《きょうみ》がない人や、虫があまり好きでない人でも入りやすい博物館にしたいと考えたからです。一度でも見てもらえば、フン虫がきれいだとわかるので、まずは中に入ってほしいと、中村さんは思いました。

工事は急ピッチで進み、いよいよ「開館の日」と決めた七月八日が近づいてきました。

五百ほどある標本のうち、およそ百は、展示台《てんじだい》の上にカラフルな発泡《はっぽう》スチロールのボールをいくつか並《なら》べ、その上にピンでとめました。ケースに入っていない状態《じょうたい》のフン虫を、ルーペやライトを使って自由に見られるようにしました。ほかの博物館にはない工夫《くふう》です。

それ以外に、標本箱に入っている標本も並べます。

オープン前日の夜おそくまで、中村さんと由美《ゆみ》さんは展示物を並べたり、オープ

独特《どくとく》の展示《てんじ》／標本なのに、まるで生きているようです

ニングセレモニーの準備《じゅんび》をしたりと、おおいそがしでした。

梅雨前線のせいで、オープン前の三日間は、はげしい雨がふりつづいていました。ところがオープンの日は、雨もやみ、青空になりました。

二〇一八年七月八日、「ならまち糞虫館《ふんちゅうかん》」はついにオープンしました。

中村《なかむら》さんは、自分との約束をはたしました。なにがなんでもあきらめないと決め、いろいろな問題を乗りこえて、ようやくこの日にたどりつきました。

展示《てんじ》しているのは、中学生時代から奈良公園でこつこつ採集《さいしゅう》したフン虫や、大学時代に中国やインドで集めたフン虫、社会人になってから買いそろえた世界のめずらしいフン虫などです。中村さんの人生がつまったフン虫の標本を、たくさんの人に見てもらうことができるのです。

午後一時。昔ながらの民家が立ちならぶ細い路地が、百人前後の人であふれかえりました。こんなことは初めてなので、近所の人たちもびっくりです。

「おめでとう、中村さん」

「ありがとうございます」

ぞくぞくとお客さんがやってきます。

「中村君、よくやったね」

「先生、ありがとうございます」

にぎやかな声がひびきます。

中村さんの同級生、恩師《おんし》、元の職場《しょくば》のなかま、フン虫の研究をしている人、フン虫ファン、近所の人などがお祝いにやってきました。

テレビ局や、ドキュメンタリー映画《えいが》の会社の人も取材にやってきて、おおさわぎです。

中村さんの想像《そうぞう》をはるかに超《こ》える人が集まりました。中村さんは、これまでのことを思いうかべながら、オープニングセレモニーであいさつをしました。

その中で、多くの人の助けを借りて「ならまち糞虫館」が開館できたことに、心から感謝《かんしゃ》しました。

娘《むすめ》さんたちは三人とも、お父さんの晴れ舞台《ぶたい》を見ようと手伝いにやってきました。

由美《ゆみ》さんも、ほっとひと安心です。夢《ゆめ》をあきらめなかった中村《なかむら》さんを見て、ふと、中学校、高校時代のことを思いだしました。初めて会ったときから、話はフン虫や自然のことばかり。ほんとうに、夢がかなってよかったなと思うと、その目には、うっすらとよろこびのなみだがうかんできました。

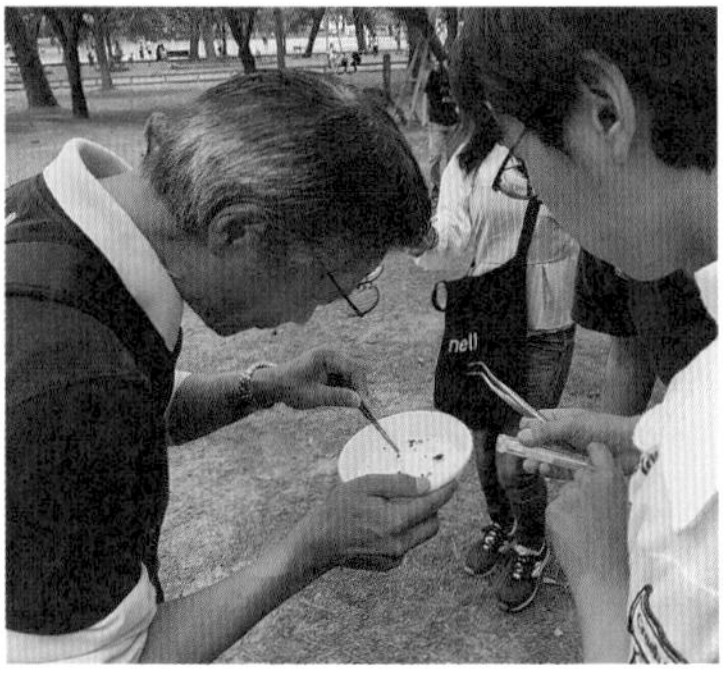

観察会／子どもから大人まで、中村《なかむら》さんといっしょにフン虫を探《さが》します

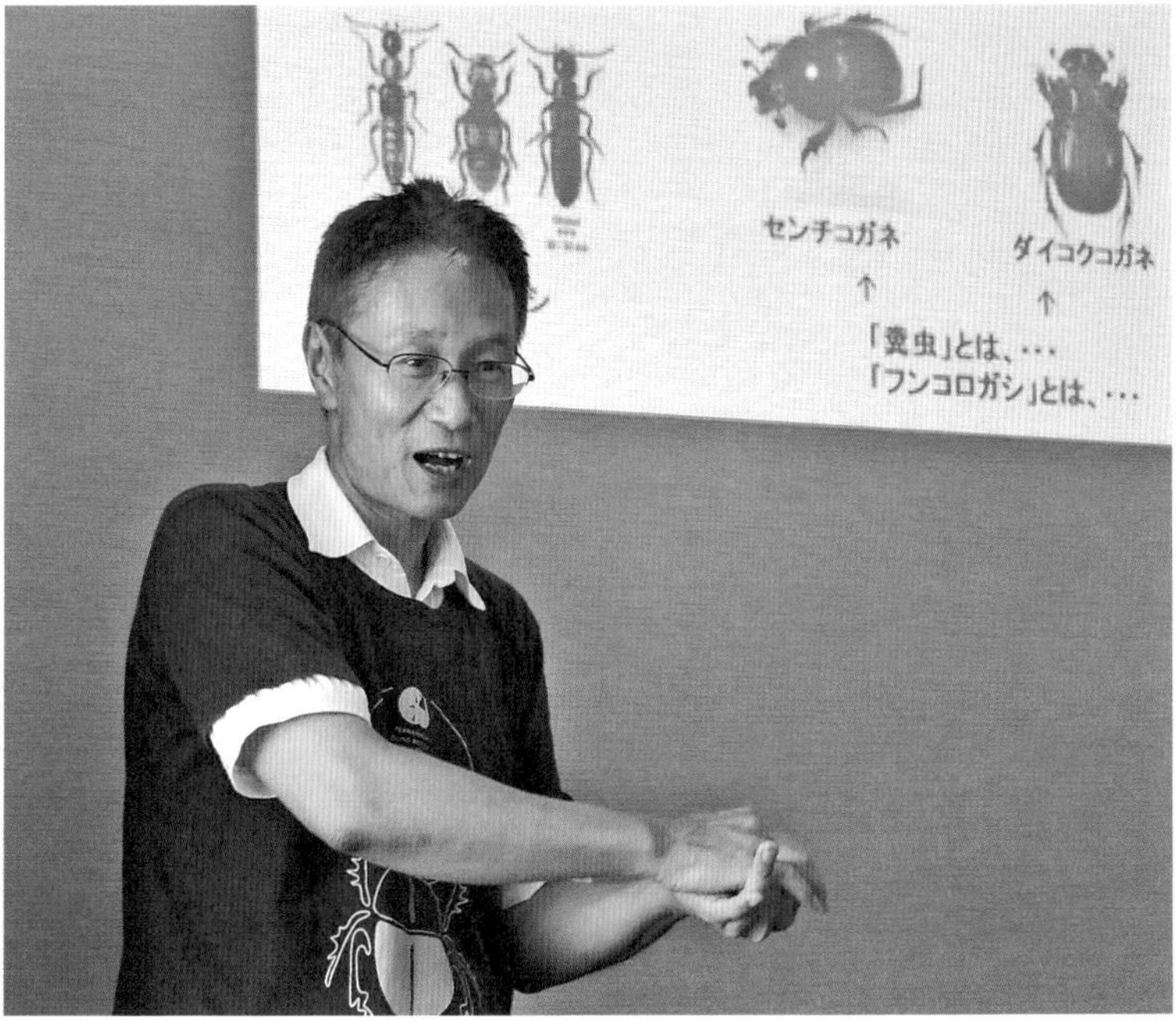

講演会《こうえんかい》／フン虫のことを中村《なかむら》さんが熱く語ります

「ならまち糞虫館《ふんちゅうかん》」の活動

「ならまち糞虫館《ふんちゅうかん》」ができてから、中村館長はおおいそがしです。一人でたいへんなときは、由美さんも手伝います。

中村館長は、館内の案内だけではなく、地域《ちいき》活動にも力を入れています。

フン虫観察会や小学生の校外学習、大人向けのセミナーなど、たのまれると快《こころよ》く引きうけます。

また、テレビやラジオ、新聞や

雑誌《ざっし》などの取材を受けることも多くなってきました。

「フン虫のいちばんの魅力《みりょく》はなんですか？」

とよく聞かれます。

　すると、かならず、

「それは、なんといっても、宝石《ほうせき》のように美しいことです」

と答えます。

　講演《こうえん》活動は、最初は慣《な》れないので、緊張《きんちょう》しました。でも、何回かやっているうちに、得意《とくい》になってきました。

「奈良を代表するルリセンチコガネは、正式にはオオセンチコガネといいます。春には、クロマルエンマコガネやクロツヤマグソコガネがあらわれます……」

　フン虫の名前が長くても、すらすらと出てくるようになりました。

未来のフン虫博士《はかせ》たち⁉

「ならまち糞虫館《ふんちゅうかん》」に展示《てんじ》されている標本は、ほとんどが中村《なかむら》館長のものです。でも、借りているものも少しあります。

「むしむしブログ」で、フン虫や博物館準備《じゅんび》のことを発信していたら、「わたしの標本を貸《か》してあげますよ」という人が何人かあらわれたからです。

その一人が、当時高校生だった中谷優介《なかたにゆうすけ》君。中谷君の標本箱は、一箱が全部、オオセンチコガネで、「オオセンチコガネの色彩変異《しきさいへんい》」というタイトルがつけられています。

日本列島の北から南まで、緑色のものや赤みがかったものなど、全国のオオセンチコガネがどんな色をしているのかがよくわかるように並《なら》べてあります。これだけ、いろいろな色のオオセンチコガネを高校生が集めたなんて、びっくりです。

その後、中谷優介君は九州大学理学部生物学科に進みました。将来《しょうらい》はフン虫の生《せい》態《たい》について研究していきたいと考えているそうです。

当時中学生だった山田琉太郎《やまだりゅうたろう》君も、標本を貸《か》している一人です。大阪府堺市《さかいし》に住んでいて、今でも二か月に一回は、「ならまち糞虫館《ふんちゅうかん》」に来ています。

そのほかには、小学五年生のときにつくった研究ノートの展示《てんじ》に協力をしている子もいます。自由な発想でフン虫のことを調べ、かかれたイラストがとてもじょうずです。

「ならまち糞虫館」には、虫好きの小学生がたくさんやってきます。関西の小学生が多いなかで、東京からお母さんといっしょにやってきた女の子がいました。

彼女《かのじょ》は虫が大好きで、小学生ながら自分でブログもやっています。そこには、自分で考えて実験したことや、観察したことを書いています。

来館したときに、中村《なかむら》館長からルリセンチコガネのオスとメスの見分けかたを教えてもらい、うれしかったといいます。東京へのみやげは、奈良公園のシカのフン。家で飼《か》っているフン虫のために、新鮮《しんせん》なシカのフンをお母さんといっしょに、いっぱい拾ってかえりました。それを聞いた中村館長は、昔の自分の姿《すがた》を見ているような気がしました。

また、岐阜県からやってきた小学生の男の子は、「ならまち糞虫館」に来る直前に奈良公園で拾ってきたオオセンチコガネを、中村館長に見せてくれました。

手足がきれいに残っていたので、中村館長は展足《てんそく》をしました。展足とは、針《はり》を使って足をきれいにのばし、見栄えよく整えることです。

そして、

「あとからでもわかるように、どこでとったかときょうの日づけ、君の名前を書いておこう。持ち物に名前を書くのと同じだよ」

といって、それらを書いた紙の札をつくりました。

「ならまち糞虫館」は、校外学習のお手伝いもしています。

ある日のことです。

来館者の男性《だんせい》が、ひととおり説明を聞いたあとで、中村《なかむら》館長にいいました。

「わたしは、奈良女子大学附属《ふぞく》小学校で三年生の担任《たんにん》をしている者です。クラスの子どもたちを連れてきてもよろしいですか」

「はい、もちろん。いいですよ」

「ありがとうございます」

しばらくしてから、その先生と児童たちが、校外学習でやってきました。

みんな、フン虫を見るのは初めてです。熱心にメモを取りながら、展示《てんじ》の標本を見ています。

そしてスライドを見せてもらいながら、中村館長の説明を聞きました。

学校にもどって「ならまち糞虫館《ふんちゅうかん》」の復習《ふくしゅう》をすると、クラスにちょっとしたフン虫ブームがわきおこりました。「糞虫館もっと広げようプロジェクト」と題して、「糞虫館のちらし」や「糞虫新聞」がつくられたり、「ならまち糞虫館のゆるキャラ」を決めるコンクールがおこなわれたりしました。

四十年ぶりのご対面

二〇一九年の夏。「ならまち糞虫館」が開館してから、一年ほど経《た》ったときです。めずらしい人がやってきました。

「こんにちは」

「あっ、キヨシ！」

中村館長がさけびました。

そうです。中学校、高校時代の親友がやってきたのです。今は弘前《ひろさき》大学で准教授《じゅんきょうじゅ》をやっている石田清《いしだきよし》さんです。

「いやー、けーさん。ひさしぶり！」

「キヨシ！　元気？」

中村館長の顔がほころびます。

「うん、おかげさまで。けーさんは？」

石田《いしだ》さんは、落ちつきのある低い声でいいました。

「うん、元気。でもキヨシ、どうしたの？　急に」

「ちょっと学会があってね。少し、時間が取れたから、寄《よ》ってみた。それに、これをわたしたかったから」

といって、大事そうにかばんから出したのは、箱に入った標本でした。

「これ、なに？」

そういってのぞきこんだ中村《なかむら》館長に、石田さんがゆっくりいいました。

「ヒメ、コブスジ、コガネ」

「えっ！　あのヒメコブスジコガネ？」

「そう、あの、ヒメコブスジコガネ！」

中学生のとき、二人でジャンケンをして、中村館長が負け、くやしい思いをしたあのヒメコブスジコガネです。

「えーっ、まだもってたの？」

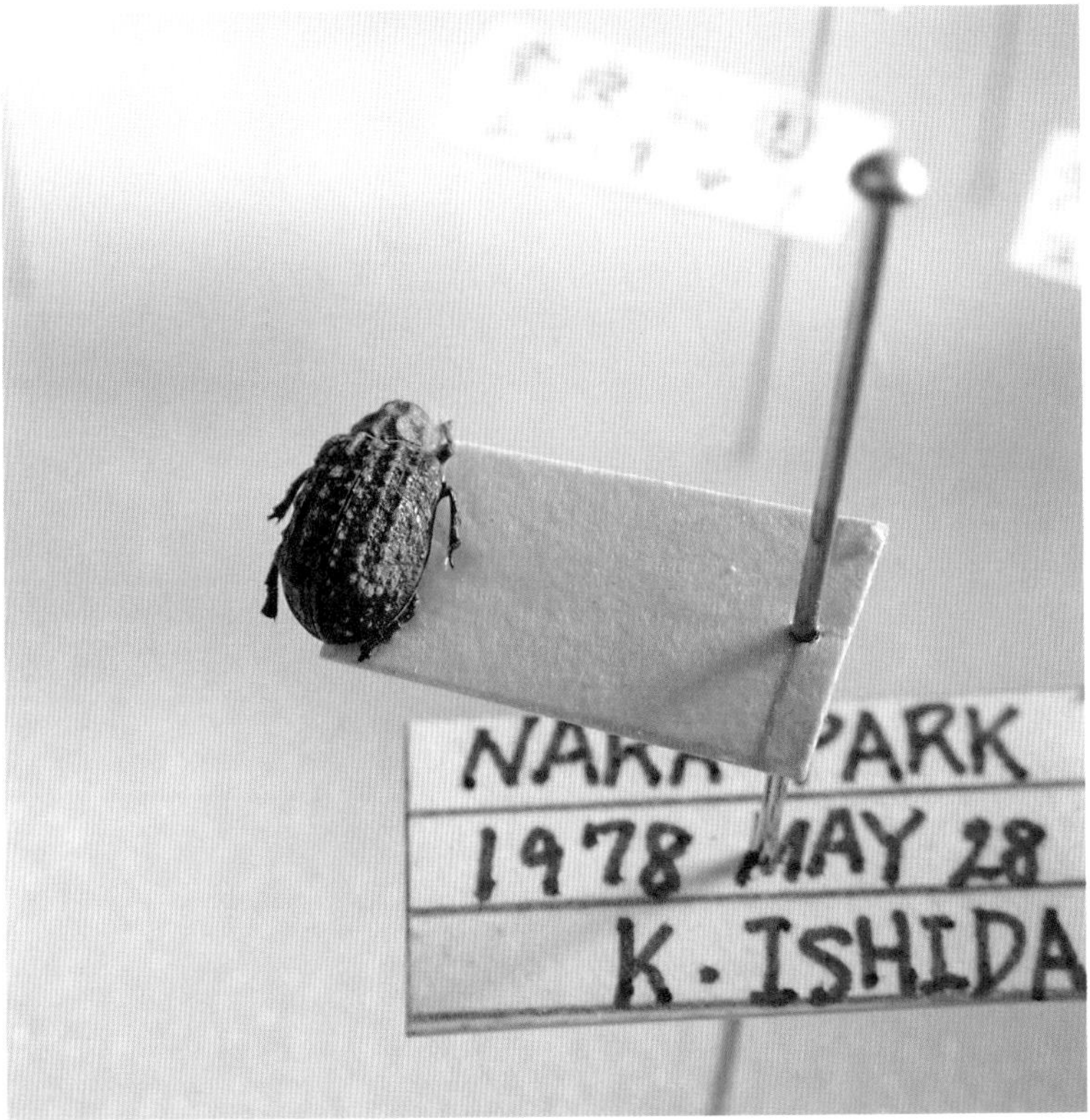

40年ぶり／これが、中学生だった圭一《けいいち》少年と石田《いしだ》君が見つけたヒメコブスジコガネ

中村館長はびっくりしました。

「もちろんだよ。ぼくはこれまで四十年間もっていたから、この先の四十年は、けーさんがもっていてよ」

「あっはっは」

因縁《いんねん》のヒメコブスジコガネが、四十年ぶりに帰ってきたのでした。

そのヒメコブスジコガネは「ならまち糞虫館《ふんちゅうかん》」

に展示《てんじ》されていて、見ることができます。

「ならまち糞虫館《ふんちゅうかん》」へおいでよ

「ならまち糞虫館《ふんちゅうかん》」は、個人《こじん》の力でつくった小さな、小さな博物館です。

でも、フン虫が好きな人が集まる、フン虫ファンの聖地《せいち》として、今、注目を浴びています。宝石《ほうせき》のように美しいフン虫を見に来てくれることをなによりのよろこびと感じて、中村《なかむら》館長は毎週末、来館者に説明を続けています。

同じ奈良には、世界の昆虫《こんちゅう》標本約十万点を展示し、チョウが飛びかう大温室も備《そな》えた、橿原市《かしはらし》昆虫館があります。将来《しょうらい》は、そこと肩《かた》を並《なら》べるような、りっぱな博物館にしたいと考えています。

そのときには、フン虫が好きな人はもちろん、生き物が好きな人もそうでない人も、奈良公園に来たら、かならず訪《たず》ねてきてくれることを願っています。館内の楽しいおしゃべりでフン虫のことが知れわたり、みんなが自然について考えるきっかけになってほしいと思う中村館長は、いつも自然の応援団《おうえんだん》でいたいのです。

だから、自然のしくみをもっと知りたい、理解《りかい》したいという思いもかわりません。

中村館長の挑戦《ちょうせん》はこれからも続きます。

（解《かい》説《せつ》）

ゴールではなく、スタートライン

ならまち糞虫館《ふんちゅうかん》館長　中村圭一《なかむらけいいち》

とにかく好きだった生き物

ぼくは子どものころ、〝生き物が好き〟だった。単純《たんじゅん》に、おもしろかったから。

セミをあみでうまくつかまえられたら、うれしかった。ドウガネブイブイ（コガネムシのなかま）の脚《あし》に糸をつけて飛ばす空中散歩は楽しかった。友だちとクワガタムシをもちよって戦わせるのは、最高にもりあがった。アリジゴクのすりばち状《じょう》の巣には、かならずアリを落とした。ザリガニは、カエルをえさにしてつりまくった。

セミはことごとく、数日で死んでしまった。飛びつかれたブイブイが飛ばなくなっても、ぐるぐるとふりまわしつづけた。クワガタムシは、しばしば体がちょん切れた。アリはもがきながら、砂《すな》の地獄《じごく》に引きずりこまれた。ザリガニつりに使うカエルは、生きたまま皮をむいた。

そういえば、大きなイモムシを大切に育て、さなぎになったのに、それがオオスカシバ（ガの一種）であると知ったとたん、捨《す》てた記憶《きおく》もある。

本文に書かれている、アオスジアゲハの羽化《うか》失敗になみだしたのはほんとうだし、純粋《じゅんすい》に〝生き物が好き〟だったことに一ミリのうそもない。でも、〝生き物がきらい〟という子どもより何十倍も、生き物をこの手で死なせただろう。今、大人になって冷静に考えると、めちゃくちゃ残酷《ざんこく》な、生き物にとっては悪魔《あくま》のような子どもだったにちがいない。

糞虫《ふんちゅう》との出会い

中学二年生のとき、奈良公園にすむ糞虫《ふんちゅう》の存在《そんざい》を知る。当時は、インターネットがない時代だから、糞虫に関する情報《じょうほう》は少なく、とらえた糞虫の種類さえわからないことも多かった。そこで、中学生なりに観察方法を考えたり、実験したりして仮説《かせつ》を検証《けんしょう》していった。すると、知らなかった糞虫の生態《せいたい》が次つぎに解明《かいめい》できた。それがおもしろくて、さらにのめりこんでいった。

日本有数の糞虫《ふんちゅう》の生息地である奈良公園の近くに住んでいたこと、ユニークな友人にめぐまれたことも大きな要因《よういん》だが、とにかく調べたり考えたりすることが楽しかった。成虫も幼虫《ようちゅう》もウンチを食べるので飼育《しいく》する人がほとんどいなくて、どんな習性《しゅうせい》で、どう活動するのかなど、多くが未知の世界だったからだ。

記録としての標本作成をはじめたのも、このころ。まさか、四十年後に糞虫館に展示《てんじ》され、多くの来館者に見ていただく日が来るとは夢《ゆめ》にも思わなかった。こんなことなら、もう少していねいにつくっておけばよかった。

外国の糞虫にはまる

ぼくの「第二次糞虫ブーム」ともいうべき外国の糞虫との出会いの場は、東京で働いていたときに、なにげなく訪《たず》ねた昆虫《こんちゅう》ショップだ。黒い米《こめ》つぶのようなものが多い日本の糞虫とはちがい、大きかったり、ぎらぎらかがやいていたり、長い角があったり。小さいころに、百貨店で開かれた『大昆虫展』で、ヘラクレスオオカブトを見たときのようなわくわく感が家に帰ってもおさまらない。「やっぱ、糞虫はすごいぞっ！」

東京では友だちが少なくて、お金を使うこともほとんどなかったけれど、外国の糞虫にだけはかなり使った。今にして思えば、この魅力的《みりょくてき》な外国の糞虫との出会いがなかったら、糞虫館をつくろうなんて考えなかっただろう。とにかく、外国の糞虫の美しさはかくべつだから。たとえれば、かがやく高級ジュエリーがウンチの中にひそんでいるような感じかな。

この先の糞虫館

糞虫館を計画したときに、もっとも頭を悩《なや》ませたことがある。どうすれば糞虫館に必要なすべての費用《ひよう》を得《え》られて、続けていけるかということだった。

さいわいなことに、オープン直後からテレビやラジオ、新聞が毎月のように取りあげてくれて、知名度が上がった。現在《げんざい》、糞虫館の経営《けいえい》は楽ではないけれど、自然観察グループや学校から講演《こうえん》をたのまれることも多く、手ごたえはばっちり。

糞虫館のオープンは、ぼくの中ではゴールではなかった。スタートラインにすぎないから、これからどうなっていくかわからない。今、この本を読んでくれている君たち、次世代の糞虫好きとともに考えていきたいと思っている。みんな、よろしく！

◉ **著者**

いどき えり

京都府京都市出身。東京都在住。京都ノートルダム女子大学文学部英語英文学科卒業。日本児童文芸家協会会員、日本児童ペンクラブ会員。航空会社勤務・日本語教師を経て、児童文学作家になる。ノンフィクション・創作童話など、小学生向けの作品を中心に執筆。

◉ **監修・解説文**

中村圭一（なかむら　けいいち）

ならまち糞虫館館長。

◉ **写真提供**

中村圭一

◉ 装丁・デザイン

中村デザイン

CD34609

フン虫に夢中

ウンチを食べる昆虫を追いつづけて

2020年9月16日　初版第1刷発行

著　者　いどき えり
発行人　志村直人
発行所　株式会社くもん出版
〒108-8617　東京都港区高輪4－10－18　京急第1ビル13F
電話　03-6836-0301（代表）
03-6836-0317（編集部直通）
03-6836-0305（営業部直通）
ホームページアドレス　https://www.kumonshuppan.com/
印刷　共同印刷株式会社

NDC916・くもん出版・144P・22cm・2020年・ISBN978-4-7743-3075-4